# 人生本来如此

季羡林 著

北京联合出版公司
Beijing United Publishing Co.,Ltd.

只 为 优 质 阅 读

好
读

Goodreads

荷塘里的绿水仿佛更绿了；
槐树上的白花仿佛更白了；
人家篱笆里开的红花仿佛更红了。
风吹、鸟鸣，都洋溢着无限生气。

事情早已给我们安排在幕后。
只是幕不撤，我们看不到而已。
而且又真没曾打算过。
以后我们又证明给自己：
的确发生过这样的事情了，
于是，因了这惊，这怪，
我们也似乎变得比以前更聪明些。

我既看到现在热闹的一面，
又看到过去与热闹截然相反的一面。
有时候这两面在我眼前重叠起来，
我很自然地就起流光如驶之感，不禁大为慨叹。

就是在那种极其困难的环境中，
人生乐趣仍然是有的。
在任何情况下，
人生也绝不会只有痛苦，
这就是我悟出的禅机。

我走过的漫长的道路并不总是铺着玫瑰花的，
有时也荆棘丛生。
我经过山重水复，也经过柳暗花明；
走过阳关大道，也走过独木小桥。

人间正道是沧桑。
时光流逝，是万古不易之理。
人类，以及一切生物，是毫无办法的。
夫天地者，万物之逆旅；光阴者，百代之过客。

# 目 录

*Contents*

## 壹 春日常驻，美丽永恒

那里有四时不谢之花、八节长春之草，大地上一切花草的魂魄都永恒地住在那里，随时随地都是花团锦簇、五彩缤纷。

## 贰　冷暖人间，真情常在

我向外怅望，希望发现母亲的足迹。但看到的却是每天看到的那一排窗户，现在都沉浸在静寂中，里面的梦该是甜蜜的吧！

## 叁　生机不灭，希望不灭

就是在那种极其困难的环境中，人生乐趣仍然是有的。在任何情况下，人生也绝不会只有痛苦，这就是我悟出的禅机。

## 肆　世事洞明，人情练达

在日常社会交往中，说几句假话，露出点不是出自内心的假笑，还是必要的，甚至是不可避免的。

## 伍　心态平和，不喜不惧

我走过的漫长的道路并不总是铺着玫瑰花的，有时也荆棘丛生。我经过山重水复，也经过柳暗花明；走过阳关大道，也走过独木小桥。

## 陆　心怀宽广，顺其自然

对什么事情都不嘀嘀咕咕，心胸开朗，乐观愉快，吃也吃得下，睡也睡得着，有问题则设法解决之，有困难则努力克服之。

# 壹……

## 春日常驻，美丽永恒

那里有四时不谢之花、八节长春之草，
大地上一切花草的魂魄都永恒地住在那里，
随时随地都是花团锦簇、五彩缤纷。

# 槐花

自从移家朗润园，每年在春夏之交的时候，我一出门向西走，总是清香飘拂，溢满鼻官。抬眼一看，在流满了绿水的荷塘岸边，在高高低低的土山上面，就能看到成片的洋槐，满树繁花，闪着银光；花朵缀满高树枝头，开上去，开上去，一直开到高空，让我立刻想到在新疆天池上看到的白皑皑的万古雪峰。

这种槐树在北方是非常习见的树种。我虽然也陶醉于氤氲的香气中，但却从来没有认真注意过这种花树——惯了。

有一年，也是在这样春夏之交的时候，我陪一位印度朋友参观北大校园。走到槐花树下，他猛然用鼻子吸了吸气，抬头看了看，眼睛瞪得又大又圆。我从前曾看到一幅印度人画的人像，为了夸大印度人眼睛之大，把眼睛画得扩张到脸庞的外面。这一回我真仿佛看到这一位印度朋友瞪大的眼睛扩张到了面孔以外来了。

“真好看呀！这真是奇迹！”

“什么奇迹呀？”

“你们这样的花树。”

“这有什么了不起呢？我们这里多得很。”

“多得很就不了不起了吗？”

我无言以对，看来辩论下去已经毫无意义了。可是他的话却对我起了作用：我认真注意槐花了，我仿佛第一次见到它，非常陌生，又似曾相识。我在它身上发现了许多新的以前从来没有发现的东西。

在沉思之余，我忽然想到，自己在印度也曾有过类似的情景。我在海德拉巴看到耸入云天的木棉树时，也曾大为惊诧。碗口大的红花挂满枝头，殷红如朝阳，灿烂似晚霞，我不禁大为慨叹：

“真好看呀！简直神奇极了！”

“什么神奇？”

“这木棉花。”

“这有什么神奇呢？我们这里到处都有。”

陪伴我们的印度朋友满脸迷惑不解的神气。我的眼睛瞪得多大，我自己看不到，现在到了中国，在洋槐树下，轮到印度朋友（当然不是同一个人）瞪大眼睛了。

在我们的日常生活中，我们都有这样一个经验：越是看惯了的东西，便越是习焉不察，美丑都难看出。这种现象在心理学上是容易解释的：一定要同客观存在的东西保持一定的距离，才能客观地去观察。难道我们就不能有意识地去改变这种习惯吗？难道我们就不能永远用新的眼光去看待一切事物吗？

我想自己先试一试看，果然有了神奇的效果。我现在再走过荷塘看到槐花，努力在自己的心中制造出第一次见到的幻想，我不再熟视无睹，而是尽情地欣赏。槐花也仿佛是得到了知己，大大小小、高高低低的洋槐，似乎在喃喃自语，又对我讲话。周围的山石树木，仿佛一下子活了起来，一片生机，融融氤氲。荷塘里的绿水仿佛更绿了；槐树上的白花仿佛更白了；人家篱笆里开的红花仿佛更红了。风吹、鸟鸣，都洋溢着无限生气。一切眼前的东西连在一起，汇成了宇宙的大欢畅。

一九八六年六月三日

# 怀念西府海棠

暮春三月，风和日丽。我偶尔走过办公楼前面。在盘龙石阶的两旁，一边站着一棵翠柏，浑身碧绿，扑人眉宇，仿佛是从地心深处涌出来的两股青色的力量，喷薄腾越，顶端直刺蔚蓝色的晴空，其气势虽然比不上杜甫当年在孔明祠堂前看到的那一些古柏“霜皮溜雨四十围，黛色参天二千尺”，然而看到它，自己也似乎受到了感染，内心溢满了力量。我顾而乐之，流连不忍离去。

然而，我的眼前蓦地一闪，就在这两棵翠柏站立的地方出现了两棵西府海棠，正开着满树繁花。已经绽开的花朵呈粉红色，没有绽开的骨朵呈鲜红色，粉红与鲜红，纷纭交错，宛如半天的粉红色彩云。成群的蜜蜂飞舞在花朵丛中，嗡嗡的叫声有如春天的催眠曲。我立刻被这色彩和声音吸引住，沉醉于其中了。眼前再一闪，翠柏与海棠同时站立在同一个地方，两者的影子重叠起来，翠绿与鲜红纷纭交错起来了。

这是怎么一回事呢？

我一时有点儿茫然、懵然，然而不需要半秒钟，我立刻就意识到，眼前的翠柏与海棠都是现实，翠柏是眼前的现实，海棠则是过去的现实。它确曾在这个地方站立过，而今这两个现实又重叠起来，可是过去的现实早已化为灰烬，随风飘零了。

事情就发生在“十年浩劫”期间。一时忽然传说：养花是修正主义，最低的罪名也是玩物丧志。于是“四人帮”一伙就在海内名园燕园大肆“斗私、批修”，先批人，后批花木，几十年上百年的丁香花树被砍伐殆尽，屡见于清代笔记中的几架古藤萝也被斩草除根，几座楼房外面墙上爬满了的“爬山虎”被统统拔掉，办公楼前的两棵枝干繁茂、绿叶葳蕤的西府海棠也在劫难逃。总之，一切美好的花木，也像某一些人一样，被打翻在地，身上踏上了一千只脚，永世不得翻身了。

这两棵西府海棠在老北京是颇有一点儿名气的。据说某一个文人的笔记中还专门讲到过它。熟悉北京掌故的人，比如邓拓同志等，生前每到春天都要来园中探望一番。我自己不敢说对北京掌故多么熟悉，但是，每当西府海棠开花时，也常常自命风雅，到树下流连徘徊，欣赏花色之美，听一听蜜蜂的鸣声，顿时觉得人间毕竟是非常可爱的，生活毕竟是非常美好的，胸中的干劲儿陡然腾涌起来，我的身体好像成了一个蓄电瓶，看到了西府海棠，便仿佛蓄满了电，能够在自己所从事的工作中精神抖擞地驰骋一气了。

中国古代的诗人中，喜爱海棠者颇不乏人。大家欣赏海棠之美，但颇以海棠无香为憾。在古代文人的笔记和诗话中，有很多地方谈到这个问题，可见文人墨客对海棠的关心。宋代著名的爱国大诗人陆游有几首《花时遍游诸家园》的诗，其中之一是讲海棠的：

为爱名花抵死狂，
只愁风日损红芳。
绿章夜奏通明殿，
乞借春阴护海棠。

陆游喜爱海棠达到了何等疯狂的地步啊！稍有理智的人都应当知道，海棠与人无争，与世无忤，绝不会伤害任何人的；它只能给人间增添美丽，给人们带来喜悦，能让人们热爱自然，热爱祖国。然而，就连这样天真无邪的海棠也难逃“四人帮”的毒手。燕园内的两棵西府海棠现在已经不知道消失到什么地方去了，这也算是一种“含冤逝世”吧。代替它站在这里的是两棵翠柏。翠柏也是我所喜爱的，它能给人们带来美感享受，我毫无贬低翠柏的意思。但是，以燕园之大，竟不能给海棠一点儿立足之地，一定要铲除海棠，栽上翠柏，一定要争这方尺之地，翠柏而有知，自己挤占了海棠的地方，也会感到对不起海棠吧！

“四人帮”要篡党夺权，有一些事情容易理解，但是砍伐花木、铲除海棠，仿佛这些花木真能抓住他们那罪恶的黑手，令人百思不得其解。宋代苏洵在《辨奸论》中说：“凡事之不近人情者，鲜不为大奸慝。”砍伐西府海棠之不近人情，一望而知。爱好美好的东西是人类的天性，任何人都有权利爱好美好的东西，花木当然也包括在里面。然而“四人帮”却偏要违反人性，必欲把一切美好的东西铲除净尽而后快。他们这一伙人是大奸慝，已经丝毫无可怀疑了。

事情已过去了将近二十年，为什么西府海棠的影子今天又忽然展现在我的眼前呢？难道说是名花有灵，今天向我“显圣”来了吗？难道说它是向我告状来了吗？可惜我一非包文正，二非海青天，更没有如来佛起死回生的神通，我所有的能耐至多也只能一洒同情之泪，我还有什么话可说呢？

我从来不相信什么神话，但是现在我真想相信有一个天国。可是我知道，须弥山已经为印度人所独占，他们把自己的天国乐园安放在那里。昆仑山又为中国人所垄断，王母娘娘就被安顿在那里。我现在只能希望在辽阔无垠的宇宙中间还能有那么一块干净的地方，能容得下一个阆苑乐土。那里有四时不谢之花、八节长春之草，大地上一切花草的魂魄都永恒地住在那里，随时随地都是花团锦簇、五彩缤纷。我们燕园中被无端砍伐了的西府海棠的魂灵也遨游其间。我相信，它绝不会忘记自己待了多年的美丽的燕园，每当三春繁花盛开之际，它一定会来到人间，驾临燕园，风前月下，凭吊一番。“环佩空归夜月魂。”明妃之魂归来，还有环佩之声，西府海棠之魂归来时，能有什么迹象呢？我说不出，我只能时时来到办公楼前，在翠柏影中，等候倩魂。我是多么想为海棠招魂啊！结果恐怕只能是“上穷碧落下黄泉，两处茫茫皆不见”了。奈何，奈何！

在这风和日丽的三月，我站在这里，浮想联翩，怅望晴空，眼睛里流满了泪水。

一九八七年四月二十六日写于上海华东师范大学专家招待所。行装甫卸，倦意犹存。在京构思多日的这篇短文，忽然躁动于心中，于是悚然而起，援笔立就，如有天助，心中甚喜。

# 石榴花

我喜爱石榴，但不是它的果，而是它的花。石榴花，红得锃亮，红得耀眼，同宇宙间任何红颜色都不一样。古人诗：“五月榴花照眼明。”着一“照”字，着一“明”字，而境界全出。谁读了这样的诗句，而不兴致淋漓呢？

在中国，确有大片土地上栽种石榴的地方，比如陕西的秦始皇陵一带。从陵下一直到小山似的陵顶上，到处长满了一棵棵的石榴树，气势恢宏，绿意满天。可惜我到的时候，已经过了开花的季节。只见树上结满了个头极大的石榴，累累垂垂，盈树盈陵。可惜红花一朵也没有看到，实为莫大憾事。遥想旧历五月时节，花照眼明，满陵开成一片亮红，仿佛连天空都给染红了。那样的风光，现在只能意会神领了。

在我居住最久的两座城市里，在济南和北京，石榴却不是一种常见的植物。济南南关佛山街的老宅子，是一所典型的四合院。西屋是正房，房外南北两侧各有一棵海棠花，早已高过了屋脊，恐怕已是百年旧树。春天满树繁花，引来了成群的蜜蜂，嗡嗡成一团。北屋门前左侧有一棵石榴树。石榴树本来就长不太高的，从来没有见过参天的石榴树。我们这一棵也不过丈八高，但树龄恐怕也有几十年了。每年夏初开花时，翠叶红花，把小院子照得一片亮红。

院子是个大杂院，我们家住北屋。南屋里住的是一家姓田的木匠。他有两个女儿，大的乳名叫小凤，小的叫小华。我绝不迷信，但是我相信缘分，因为它确实存在，不相信是不行的。缘分的存在，小华和我的关系就能证明。她那时还不到两岁，路走不全，话也说不全，可是独独喜欢我。每次见到我，即使是正在母亲的怀抱里，也必挣扎出母亲的怀抱，张开小手，让我来抱。按流传的办法，她应该叫我“大爷”，但是两字相连，她发不出音来，于是缩减为一个“爷”字。抱在我怀里，她满嘴“爷！爷！”乐不可支。

这时正是夏初季气，石榴花开得正欢。有一天，吃过午饭，我躺在石榴树下一张躺椅上睡午觉。大概是睡得十分香甜。“大梦谁先觉？平生我自知。”可惜，诸葛亮知道，我却不知道。不知道睡了多久，我朦胧醒来。睁眼一看，一个不满三块豆腐干高的小玩意儿正站在我的枕旁，一声不响，大气不出，静静地等我醒来。一见我睁开惺忪的眼睛，立即活跃起来，一头扎在我的怀中，要我抱她，嘴里“爷！爷！”喊个不停。不是别人，正是小华。我又惊又喜，连忙把她抱了起来。抬头看到透过层层绿叶正开得亮红的石榴花。

以后，我出了国。在欧洲待了十一年以后，又回到祖国来，住在北京大学中关园第一公寓的一个单元里。我床头壁上挂着著名画家溥心畬画的一个条幅，上面画的是疏疏朗朗的一枝石榴，有一个果和一枝花，那一枝花颇能流露出石榴花特有的照眼明的神采。旁边题着两句诗："只为来时晚，开花不及春。"多么神妙的幻想！石榴原来不是中原的植物，大约是在汉代从中亚安国等国传进来的，所以又叫"安石榴"。这情况到了诗人笔下，就被诗意化了。因为来晚了，所以没有赶得上春天开花，而是在夏历五月。等到百花都凋谢以后，石榴才一枝独秀，散发出亮红的光芒。

我那时候很忙，难得有睡懒觉的时间，偶尔在星期天睡上一次。躺在床上，抬眼看到条幅上画的石榴花，思古之幽情，不禁油然而发。并没有古到汉代，只古到了二十几年前在佛山街住的时候。当时北屋前的那一棵石榴树是确确实实的存在物，而今却杳如黄鹤早已不存在了。而眼前画中的石榴，虽不是真东西却实实在在地存在着。世事真如电光石火，倏忽变化万端。我尤其忆念不忘的是当年只会喊"爷"的小华子。隔了二十多年，恐怕她早已是绿叶成荫子满枝了。奈之何哉！奈之何哉！

整整四十年前，我移家燕园内的朗润园。门前有小片隙地，遂圈以篱笆，辟为小小的花园，栽种了一些花木。十几年前，一位同事送给我一棵小石榴树，只有尺把高。我就把它栽在小花园里，绿叶滴翠，极惹人爱。我希望它第二年初夏能开出花来。但是，我失望了。又盼第三年，依然是失望。十几年下来，树已经长得很高，却仍然是只见绿叶，不见红花。我没有研究过植物学，但是听说，有的树木是有性别的。由树的性别，我忽然联想到了语言的性别。在现代语言中，法文名词有阴、阳二性；德文名词有阴、阳、中三性；古代梵文也有三性。在某些佛典中偶尔也有讲到语言的地方。一些译经的和尚把中性译为“黄的”，“黄的”者，太监也，非男非女之谓也。我惊叹这些和尚之幽默。却忽然想到，难道我们这棵石榴树竟会是“黄的”吗？

然而，到了今年，奇迹却出现了。一天早晨，我站在阳台上看池塘中的新荷，我的眼前忽然一亮，“万绿丛中一点红”。我连忙擦了擦昏花的老眼，发现石榴树的绿叶丛中有一个亮红的小骨朵儿。我又惊又喜，我们的石榴树有喜了，它不是“黄的”了。我在大喜之余，遍告诸友。有人对我说：“你要走红运了！”我对张铁嘴、王半仙之流讲运气的话，一向不信。但是，运气，同缘分一样，却是不能不信的。说白了是运气，说文了就是机遇，你能不相信机遇吗？

说老实话，今年确是有一些连做梦都想不到的怪事出现在我的身边。求全之毁，根本没有，不虞之誉却纷至沓来。难道我真交了好运了吗？我从来不认为自己有什么了不起。现在是收获得太多，而给予得太少，时有愧怍之感。我已经九十晋二，富贵于我真如浮云了。我只希望能壮壮实实地再活上一些年，再做一点对人有益的事情，以减少自己的愧怍之感。我尤其希望在明年此时，石榴花能再照亮我的眼睛。

二〇〇一年五月二日写完

# 香橼

书桌上摆着一只大香橼，半黄半绿，黄绿相间，耀目争辉。每当夜深人静，我坐下来看点什么、写点什么的时候，它就在灯光下闪着淡淡的光芒，散发出一阵阵的暗香，驱除了我的疲倦，振奋了我的精神。它也唤起了我的回忆，回忆到它的家乡，云南思茅。

思茅是有名的地方。可是，在过去几百年、几千年的历史上，它是地地道道的蛮烟瘴雨之乡。对内地的人来说，它是一个神秘莫测的地方，除非被充军，是没有人敢到这里来的。来到这里，也就不想再活着离开。“江南瘴疠地”，真令人谈虎色变。当时这里流行着许多俗语：“要下思茅坝，先把老婆嫁”“只见娘怀胎，不见儿上街”等。这是从实际生活中归纳出来的结论，情况也真够惨的了。

就说十几二十年以前吧，这里也还是一个人间地狱。1938年和1948年，这里暴发了两次恶性疟疾，每两个人中就有一个患病死亡的。城里的人死得没有剩下几个。即使在白天，也是阴风惨惨。县大老爷的衙门里，野草长到一人多高。平常住在深山密林里的虎豹，干脆扶老携幼把家搬到县衙门里来，在这里生男育女，安居乐业，这里比山上安全得多。这就是过去的情况。

但是，不久以前，当我来到祖国这个边疆城市的时候，情况却完全不一样了。我们一走下飞机，就爱上了这个地方。这里简直是一个宝地、一个乐园。这里群山环翠，碧草如茵，有四时不谢之花，八节长春之草。我们都情不自禁地唱起“思茅的天，是晴朗的天”这样自己编的歌来。你就看那菜地吧：大白菜又肥又大，一棵看上去至少有三十斤。叶子绿得像翡翠，这绿色仿佛凝固了起来，一伸手就能抓到一块。香蕉和芭蕉也长得高大逾常，有的竟然赛过两层楼房，把黑大的影子铺在地上。其他的花草树木，无不繁荣茂盛，郁郁苍苍。到处是一片绿、绿、绿。我感到有一股活力，奔腾横溢，如万斛泉涌，拔地而出。

人呢，当然也都是健康的。现在，恶性疟疾已经基本上扑灭。患这种病的人一千人中才有两个，只等于过去的二百五十分之一。即使不幸得上这种病，也有药可以治好。所谓“蛮烟瘴雨”，早成历史陈迹了。

我永远也忘不掉我们参观的那个托儿所。那里面窗明几净，地无纤尘。谁也不会想到，就在十几年前，这里还是一片荒草。我们看了所有的屋子，那些小桌子、小椅子、小床、小凳、小碗、小盆，无不整整齐齐、干干净净。这里的男女小主人更是个个活泼可爱，个个都是小胖子。他们穿着花花绿绿的衣服，向我们高声问好，给我们表演唱歌跳舞。红苹果似的小脸笑成了一朵朵的花。我立刻想到那句俗语："只见娘怀胎，不见儿上街。"我心里思绪万千，真有不胜今昔之感了。我们说这个地方现在是乐园、是宝地，除此之外，难道还有更恰当的名称吗？

就在这样一个宝地上，我第一次见到大香橼。香橼，我早就见过，但那是北京温室里培育出来的，倒是娇小玲珑，可惜只有鸭蛋那样大。思茅的香橼却像小南瓜那样大，一个有四五斤重。拿到手里，清香扑鼻。颜色有绿有黄，绿的像孔雀的嗉袋，黄的像田黄石，令人爱不释手。我最初确有点吃惊，怎么香橼竟能长到这样大呢？但立刻又想到，宝地生宝物，不也是很自然的吗？

我们大家都想得到这样一只香橼。画家想画它，摄影家想照它。我既不会画，也不会摄影，但我十分爱这个边疆的城市，却又无法把它放在箱子里带回北京。我觉得，香橼就是这个城市的象征，带走一只大香橼，就无异于带走思茅。于是我就买了一只带回北京来，现在就摆在我的书桌上。我每次看到它，就回忆起思茅来，回忆起我在那里度过的那一些愉快的日子来，那些动人心魄的感受也立刻涌上心头。思茅仿佛就在我的眼前，历历如绘。在这时候，我的疲倦被驱除了，我的精神振奋起来了，而且我还幻想，在今天的情况下，已经长得够大的香橼，将来还会愈长愈大。

一九六一年七月五日

# 喜鹊窝

我是乡下人，小时候在乡下住过几天。乡下，树多，鸟多，树上的鸟窝多。秋冬之际，树上的叶子落光，抬头就能看到高树顶上的许多鸟窝，宛如一个个的黑色蘑菇。

但是，我同许多乡下人一样，对鸟并不特别感兴趣。我感兴趣的是昆虫中的知了（我们那里读jie liu，也就是蝉），在水族中是虾。夏天晚上，在场院里乘凉，在大柳树下，用麦秸点上一把火。赤脚爬上树去，用力一摇晃，知了便像雨点儿似的纷纷落下。如果嫌热，就跳到苇坑里，在苇丛中伸手一摸，就能摸到一些个儿不小的虾，带着双夹，齐白石画的就是这种虾。

鸟却不能带给我这样的快乐，我有时甚至还感到厌烦。麻雀整天喳喳乱叫，还偷吃庄稼。乌鸦穿一身黑色的晚礼服，名声一向不好，乡下人总把它同死亡联系起来，“哇！哇！”两声，叫得人身上起鸡皮疙瘩。只有喜鹊沾了“喜”字的光，至少不引起人们的反感。那时候，乡下人饿着肚皮，又不是诗人，哪里会有什么闲情雅兴来欣赏鸟的鸣声呢？连喜鹊“喳，喳”的叫声也不例外。那时，我虽然只有几岁，乡下人的偏见我都具备。只有一件事现在回想起来还能聊以自慰：我从来没有爬上树去掏喜鹊的窝。

后来我到了城里，变成了城里人。初到的时候，我简直像是进入迷宫。这么多人，这么多车，这么多商店，这么多大街小巷，我吃惊得目瞪口呆。有一年，母亲在乡下去世了，我回家奔丧。小时候的大娘、大婶见了我就问：

“寻（读xin）了媳妇没有？”

这问题好回答，我敬谨答曰：

“寻了。”

“是一个庄上的吗？”

我一时语塞，知道乡下人没有进过城，他们不知道城里不是村庄。想解释一下，又怕三言两语说不清楚，最终还是弄一个“丈二和尚——摸不着头脑”。我一时灵机一动，采用了鲁迅先生的办法，含糊答曰：

“唔！唔！”

谁也不知道“唔，唔”是什么意思。妙就妙在谁也不知道是什么意思。乡下的大娘、大婶不是哲学家，不懂什么逻辑思维，她们不“打破砂锅问到底”，我的口试就算及了格。

这件小事虽小，它却充分说明了乡下人和城里人的思维和情趣是多么不同。回头再谈鸟儿。城里不是鸟的天堂。除了麻雀以外，别的鸟很少见到。常言道：“物以稀为贵。”于是城里的鸟就“贵”起来了，城里一些人对鸟也就有了感情。如果碰巧能看到高树顶端上的鸟窝，那简直是一件稀罕事儿，小孩子会在树下面拍手欢跳。

中国古代的诗人，虽然有的出生在乡下，但是科举、当官一定是在城里。既然是诗人，感情定是十分细腻。这种细腻表现在方方面面，也表现在对鸟，特别是对鸟鸣的喜爱上。这样的诗句，用不着去查书，一回想就能够想到一大堆。“鸟鸣山更幽”“月出惊山鸟，时鸣春涧中。”“两个黄鹂鸣翠柳，一行白鹭上青天。”“荡胸生层云，决眦入归鸟。”“人归山郭暗，雁下芦洲白。”“微雨霭芳原，春鸠鸣何处。”“空山百鸟散还合，万里浮云阴且晴。嘶酸雏雁失群夜，断绝胡儿恋母声。川为静其波，鸟亦罢其鸣。”等等，用不着再多举了，中国古代诗人对鸟和鸟鸣感情之深概可想见了。

只有陶渊明的一句诗，我觉得有点儿怪。“狗吠深巷中，鸡鸣桑树颠。”鸡飞上树去高声鸣叫，我确实没有见过。“鸡鸣桑树颠”，这一句话颇为突兀。难道晋朝江西的鸡真有飞到桑树顶上去高叫的脾气吗?

不管怎样，中国古代诗人对鸟及其鸣声特别敏感，已是一个彰明昭著的事实。再看一看西方文学，不能不感到其间的差别。西方诗歌中，除了云雀和夜莺外，其他的鸟及其鸣声似乎很少受诗人的垂青。这里面是否也含有很深的审美情趣的差别呢？是否也含有东西方诗人，再扩而大之是一般人之间对大自然的关系的差别呢？姑妄言之。

我绕弯子说了半天，无非是想说中国的城里人对鸟比较有感情而已。我这个由乡下人变成城里的人，也逐渐爱起鸟来。可惜我半辈子始终是在大城市里转，在中国是如此，在德国和瑞士仍然是如此。空有爱鸟之心，爱的对象却难找到，在心灵深处难免感到惆怅。

一直到四十多年前，我四十多岁了，才从沙滩搬到风光旖旎林木蓊郁的燕园里来。这里虽处城市，却似乡村，真正是鸟的天堂。我又能看到鸟了。不是一只，而是成群；不是一种，而是多种；不但看到它们飞，而且听到它们叫；不但看到它们在草地上蹦跳，而且看到它们在高树顶上搭窝。我顾而乐之，多年干涸的心灵似乎又注入了一股清泉。

在众多的鸟中，给我印象最深、我最喜爱的还是喜鹊。在我住的楼前，沿着湖畔，有一排高大的垂柳，在马路对面则是一排高耸入云的杨树。楼西和楼后，小山下面，有几棵高大的榆树。小山上有一棵至少有六七百年的古松。可以说我们的楼是处在绿色丛中。我原住在西门洞的二楼上，书房面西，正对着那几棵榆树。一到春天，喜鹊和其他鸟的叫声不停。喜鹊不知道是通过什么方式，大概是既无父母之命，也没有媒妁之言，自由恋爱，结成了情侣。情侣不停地在群树之间穿梭之行，嘴里往往叼着小树枝，想到什么地方去搭窝。我天天早上最大的乐趣就是看喜鹊们箭似的飞翔，喳喳地欢叫，往往能看上、听上半天。

有一天，完全出乎我的意料，然而又合乎我的心愿，窗外大榆树上有一团黑色的东西。我豁然开朗：这是喜鹊在搭窝。我现在不用出门就能够看到喜鹊窝了，乐何如之。从此我的眼睛和耳朵完全集中到这一对喜鹊和它们的窝上，其他的鸟鸣声仿佛都不存在了。每次我看书写作疲倦了，就向窗外看一看。一看到喜鹊窝就像郑板桥看到白银那样，“心花怒放，书画皆佳”。我的灵感风起云涌，连记忆力都仿佛变了样子，大有过目不忘之概了。

光阴流转，转瞬已是春末夏初。窝里的喜鹊小宝宝看样子已经成长起来了。每当刮风下雨，我心里就揪成一团，很怕它们的窝经受不住风吹雨打。当我看到，不管风多么狂，雨多么骤，那一个黑蘑菇似的窝仍然固若金汤，我的心就放下了。我幻想，此时喜鹊妈妈和喜鹊爸爸正在窝里伸开翅膀，把小宝宝遮盖得严严实实，喜鹊一家正在做着甜美的梦，梦到燕园风和日丽，梦到燕园花团锦簇，梦到小虫子和小蚱蜢自己飞到窝里来，小宝宝食用不尽，梦到湖光塔影忽然移到了大榆树下面……

这一切原来都是幻影，然而我却泪眼模糊，再也无法幻想下去了。我从小失去了慈母，失去了母爱。一个失去了母爱的人，必然是一个心灵不完整或不正常的人。在七八十年的漫长时间中，不管什么时候，也不管我在什么地方，只要提到了失去母爱，失去母亲，我必然立即泪水盈眶。对人是如此，对鸟兽也是如此。中国古人常说“终天之恨”，我这真正是“终天之恨”了。这个恨只能等我离开人世才能消泯，这是无可怀疑的了。中国古诗说：“劝君莫打枝头鸟，子在巢中望母归。”真是蔼然仁者之言，我每次暗诵，都会感到心灵震撼的。

但是，天有不测风云，鸟有旦夕祸福。正当我为这一家幸福的喜鹊感到幸福而自我陶醉的时候，祸事发生了。一天早上，我坐在书桌前，真是无巧不成书，我一抬头正看到一个小男孩赤脚爬上了那一棵榆树，伸手从喜鹊窝里把喜鹊宝宝掏了出来。掏了几只，我没有看清，不敢瞎说。总之是掏走了。只看这个小男孩像猿猴一般，转瞬跳下树来，前后也不过几分钟，手里抓着小喜鹊，消失得无影无踪了。我很想下楼去干预一下，但是一想到在浩劫中我头上戴的那一摞可怕的沉重的帽子，都还在似摘未摘之间，我只能规规矩矩，不敢乱说乱动。如果那个小男孩是工人的孩子，那岂不成了“阶级报复”了吗？我吃了老虎心、豹子胆，也不敢动一动呀！我只有伏在桌上，暗自啜泣。

完了，完了，一切全完了。喜鹊的美梦消失了，我的美梦也消失了。我从此抑郁不乐，甚至不敢再抬头看窗外的大榆树。喜鹊妈妈和喜鹊爸爸的心情我不得而知。它们痛失爱子，至少也不会比我更好过。一连好几天，我听到窗外这一对喜鹊喳喳哀鸣，绕树三匝，无枝可依。我不忍再抬头看它们。不知什么时候，这一对喜鹊不见了。它们大概是怀着一颗破碎的心，飞到什么地方另起炉灶去了。过了一两年，大榆树上的那一个喜鹊窝，也由于没加维修，鹊去窝空，被风吹得无影无踪了。

我却没有死心，那一棵大榆树不行了，我就寄希望于其他树木。喜鹊们选择搭窝的树，不知道是根据什么标准。根据我这个人的标准，我觉得，楼前，楼后，楼左，楼右，许多高大的树都合乎搭窝的标准。我于是就盼望起来，年年盼，月月盼，盼星星，盼月亮，盼得双眼发红光。一到春天，我出门，首先抬头往树上瞧。枝头光秃秃的，什么东西也没有。我有时候真有点儿发急，甚至有点儿发狂，我想用眼睛看出一个喜鹊窝来。然而这一切都白搭，都徒然。

今年春天，也就是现在，我走出楼门，偶尔一抬头，我在上面讲的那一棵大榆树上，在光秃秃的枝干中间，又看到一团黑乎乎的东西。连年来我老眼昏花，对眼睛已经失去了自信力。我在惊喜之余，连忙擦了擦眼，又使劲儿瞪大了眼睛，我明白无误地看到了：是一个新搭成的喜鹊窝。我的高兴是任何语言文字都无法形容的。然而福不单至，过了不久，临湖的一棵高大的垂柳顶上，一对喜鹊又在忙忙碌碌地飞上飞下，嘴里叼着小树枝，正在搭一个窝。这一次的惊喜又远远超过了上一回。难道我今生的华盖运真已经交过了吗？

当年爬树掏喜鹊窝的那个小男孩，现在早已长成大人了吧。他或许已经留了学，或者下了海，或者成了“大款”。此事他也许早已忘记了。我潜心默祷，希望不要再出这样一个孩子，希望这两个喜鹊窝能够存在下去，希望在燕园里千百棵大树上都能有这样黑蘑菇似的喜鹊窝，希望在这里，在全中国，在全世界，人与鸟都能和睦融洽，像一家人一样生活下去，希望人与鸟共同造成一个和谐的宇宙。

一九九四年二月二十五日

# 芝兰之室

我喜欢绿色的东西，我觉得，绿色是生命的颜色，即使是在冬天，我在屋里总要摆上几盆花草，如君子兰之类。旧历元日前后，我一定要设法弄到几盆水仙，眼睛里看到的是翠绿的叶子，鼻子里闻到的是氤氲的幽香，我顾而乐之，心旷神怡。

今年当然不会是例外。友人送给我几盆水仙，摆在窗台上。下面是一张极大的书桌，把我同窗台隔开。大概是由于距离远了一点，我只见绿叶，不闻花香，颇以为憾。

今天早晨，我一走进书房，蓦地一阵浓烈的香气自透鼻官。我愕然一愣，刹那间，我意识到，这是从水仙花那里流过来的。我坐下，照例爬我的格子。我在潜意识里感到，既然刚才能闻到花香，这就证明，花香是客观存在着的，而且不会是瞬间的而是长时间的存在。可是，事实上，在那愕然一愣之后，水仙花香神秘地消失了，我鼻子再也闻不到什么了。

这是什么原因呢？

我又陷入想入非非中。

中国古代《孔子家语》中就有几句话：“与善人居，如入芝兰之室，久而不闻其香，即与之化矣。”我在这里关心的不是“化”与“不化”的问题，而是“久而不闻其香”。刚才水仙花给我的感受，就正是“久而不闻其香”。可见这样的感受，古人早已经有了。

我常幻想，造化小儿喜欢要点“小”——也许是“大”——聪明，给人们开点小玩笑。他（它，她？）给你以本能，让你舌头知味，鼻子知香。但是，又不让你长久地享受，只给你一瞬间，然后复归于平淡，甚至消逝。比如那一位“老佛爷”慈禧，在宫中时，瞅见燕窝、鱼翅、猴头、熊掌，一定是大皱其眉头。然而，八国的“老外”来到北京，她仓皇西逃，路上吃到棒子面的窝头，味道简直赛过龙肝凤髓，认为是从未尝过的美味。她回到北京宫中以后，想再吃这样的窝头，可普天之下再也找不到了。

造化小儿就是使用这样的手法，来实施一种平衡的策略，使美味佳肴与粗茶淡饭，使帝后显宦与平头老百姓，等等，都成为相对的东西，都受时间与地点的约束。否则，如果美味对一个人来说永远美，那么帝后显宦们的美食享受不是太长了吗？在芸芸众生中间不是太不平衡了吗？

对鼻官来说，水仙花还有芝兰的香气也只能作如是观，一瞬间，你获得了令人吃惊的美感享受；又一瞬间，香气虽然仍是客观存在，你的鼻子却再也闻不到了。

造化小儿玩的就是这一套把戏。

# 春满燕园

燕园花事渐衰。桃花、杏花早已开谢，一度繁花满枝的榆叶梅现在已经长出了绿油油的叶子。连几天前还开得像一团锦绣似的西府海棠，也已落英缤纷、残红满地了。丁香虽然还在盛开，灿烂满园，香飘十里，但已显出疲惫的样子。北京的春天本来就是短的，“雨横风狂三月暮，门掩黄昏，无计留春住”。看来春天就要归去了。

但是人们心头的春天方在繁荣滋长。这个春天，同在大自然里的春天一样，也是万紫千红、风光旖旎的，但它却比大自然里的春天更美、更可爱、更真实、更持久。郑板桥有两句诗：“闭门只是栽兰竹，留得春光过四时。”我们不栽兰，不种竹；我们就把春天栽种在心中，它不但能过今年的四时，而且能过明年、后年，不知多少年的四时，它要常驻我们心中，成为永恒的春天了。

昨天晚上，我走过校园。四周一片寂静，只有远处的蛙鸣划破深夜的沉寂，黑暗仿佛凝结了起来，能摸得着，捉得住。我走着走着，蓦地看到远处有了灯光，是从一些宿舍的窗子里流出来的。我的心里一愣，我的眼睛仿佛有了佛经上叫作天眼通的那种神力，透过墙壁，就看了进去。我看到一位年老的教师在那里伏案苦读，他仿佛正在写文章，想把几十年的研究心得写下来，丰富我们文化知识的宝库。他又仿佛是在备课，想把第二天要讲的东西整理得更深刻、更生动，让青年学生获得更多的滋养。他也可能是在看青年教师的论文，想给他们提些意见，共同切磋琢磨。他时而低头沉思，时而抬头微笑。对他说来，这时候，除了他自己和眼前的工作以外，宇宙万物都似乎不存在，他完完全全陶醉于自己的工作中了。

今天早晨，我又走过校园。这时候，晨光初露，晓风未起。浓绿的松柏，淡绿的杨柳，大叶的杨树，小叶的槐树，成行并列，相映成趣。未名湖绿水满盈，不见一条皱纹，宛如一面明镜。还看不到多少人走路，但从绿草湖畔，丁香丛中，杨柳树下，土山高尖却传来一阵阵朗诵外语的声音。倾耳细听，俄语、英语、梵语、阿拉伯语等，依稀可辨。在很多地方，我只是闻声而不见人，但是仅仅从声音里也可以听出那种如饥似渴迫切吸收知识、学习技巧的炽热心情。这一群男女大孩子仿佛想把知识像清晨的空气和芬芳的花香那样一口气吸下去。我走进大图书馆，又看到一群男女青年挤坐在里面，低头做数学或物理、化学的习题，也都是全神贯注，鸦雀无声。

我很自然地就把昨天夜里的情景同眼前的情景联系了起来。

年老的一代是那样，年轻的一代又是这样，还能有比这更动人的情景吗？我心里陡然充满了说不出的喜悦。我仿佛看到春天又回到园中：繁花满枝，一片锦绣。不但已经开过花的桃树和杏树又开出了粉红色的花朵，连根本不开花的榆树和杨柳也满树红花。未名湖中长出了车轮般的莲花，正在开花的藤萝颜色显得格外鲜艳。丁香也是精神抖擞，一点也不显得疲惫。总之是万紫千红，春色满园。

这难道仅仅是我一个人的幻想吗？不是的。这是我心中那个春天的反映。我相信，住在这个园子里的绝大多数的教师和同学心中都有这样一个春天，眼前也都看到这样一个春天。这个春天是不怕时间的。即使到了金风送爽、霜林染醉的时候，到了大雪漫天、一片琼瑶的时候，它也会永留心中，永留园内，它是一个永恒的春天。

一九六二年五月十一日

# 虎门炮台

从小学起，学中国历史，就知道有一次鸦片战争，而鸦片战争必与林则徐相联系，而林则徐又必与虎门炮台相联系。

因此，虎门炮台就在我脑筋里生了根。

可是虎门炮台究竟是什么样子呢？我说不出。正如世界上其他事物一样，倘还没见到实物，往往以幻想填充。我的幻想并不特别有力，它填充给我的不过是一片荒凉的海滩，一个有雉堞的小城堡，上面孤零零地架着一尊旧式的生铁铸成的大炮，前面是大海，汪洋浩瀚，水天渺茫，微风乍起，浊浪拍岸，如此而已。

今天由于一个偶然的机会，我竟然来到了这里。我眼前看到的实际情况与我的幻想不同，这是意中事，我丝毫不感到奇怪。但是，这个不同竟然是这样大，却不能不使我大吃一惊了。炮台在海滩上，这用不着奇怪，也不可能有别的可能。但是，这海滩却与荒凉丝毫也不沾边，却是我始料所不及。这里杂花生树，绿木成荫。几棵粗大的榕树挺立着，浓荫匝地，绿意扑人。从树干的粗细来看，它们已经很老很老了，当年海战时，它们必已经站立在这里，亲眼看了这一场激烈的搏斗。它们必然也随着搏斗的进行，时而欢欣鼓舞，时而怒发冲冠，最终一切寂静下来。当年活着的人早已不在了，只有它们年复一年地守候在这里，跟着季节的变化而变化，一直守候到现在。现在到处是一片生机，一片浓绿，雉堞犹存，大炮还在，可无论如何也令人无法把当前情况与一百五十多年以前的残酷的战争联系在一起。这个古战场我实在无法凭吊了。

可是我的回忆还是清楚的。当年外国的侵略者凭其坚船利炮，想在这一块弹丸之地的海滩上踏上我们神圣的国土。他们挥舞刀枪，惨杀我们的士兵。我们的士兵义愤填膺，奋起抵抗，让一批批的入侵者陈尸滩头，最后不得不夹着尾巴逃掉。我们的士兵也伤亡惨重，统率我军杀敌的关天培将军以身殉国。至今还有七十五位忠勇将士的尸体合葬在山坡上，让后人永远凭吊。当时林则徐以钦差大臣的身份在后面不远的山头上督战。这一场搏斗伸正义于海隅，振大汉之天声，是我们中华民族永不磨灭的伟业，是我们全民族的骄傲。今天虽然已经时过境迁，当年的事情早已成为历史陈迹，然而我们今天来到这里，又有哪一个人不觉得我们阵亡的将士仍虎虎有生气，而缅怀往事，感到无限振奋呢？

当我们走出炮台去参观林则徐销毁鸦片烟池的时候，我们又为另一种情景而无限振奋。林则徐把从殖民主义强盗手中没收来的二百多万公斤之多的鸦片烟，倒入一个大水池中，先用海水把鸦片泡成糊状，然后再倾入石灰，借石灰的力量把鸦片烟销毁，最后放出海水把残渣冲入海中。据说，他当时邀请了不少的外国人来参观。外国老爷大概怀疑这销烟的行动，也乐意来亲眼看一看。当他们看到林则徐是真销毁，而销毁的数量又是如此巨大时，都大为吃惊。他们哪会想到，在清朝末叶贪官污吏横行霸道之时，竟然还有林则徐这样的硬骨头，他们对中华民族不得不油然而起尊敬之心。那么，林则徐以一介书生，凛然代表了民族正气，功业彪炳青史，直至一百多年之后的今天，还让我们感佩敬仰，不是完全可以理解的吗？

时间是一种非常古怪的东西。有忧伤之事，它能让你慢慢地渐渐地忘掉，否则你会活不下去的。有欢乐之事，它也能让你慢慢地渐渐地忘掉，否则永远处在快乐兴奋之中，血压也难免升高，你也会活不下去的。这一慢一渐，既可感，又可怕，人们必须警惕。独有英雄业绩、民族正气，却能让你永志不忘，而且弥久弥新。这才真正是民族历史的脊梁，一个民族能生存下去，靠的就是这个脊梁。我们在山顶上林则徐的塑像下看到镌刻着的他的两句诗：

苟利国家生死以，
岂因祸福避趋之。

真可以说是掷地做金石声。这一位时间巨人的形象在我眼前立刻更高大了起来。他不是值得我们全体炎黄子孙恭恭敬敬地、诚诚恳恳地学习一辈子吗？

一九八八年五月三十日下午于广州

# 大觉寺

我为什么对大觉寺情有独钟呢？这问题提得很自然，但又显得颇为突兀。我似乎能答复，又似乎还不能。

将近七十年前，当我在清华园读书的时候，北京的古寺名刹，我都是知道的，什么潭柘寺、戒台寺、碧云寺、卧佛寺等，我都清楚，当时既无公共汽车，连自行车都极少见。我曾同一些伙伴“细雨骑驴登香山”。雨中山清水秀，除了密林深处间或有小鸟的啁啾声外，几乎是万籁俱寂。我绝非像陆放翁那样的诗人，但是，此时此地心中却溢美了诗意。“此中有真意，欲辨已忘言”，实不足为外人道也。

可是，大觉寺这个古刹，我却是没有听说过的。它对我是完全陌生的。原因大概是，这一座千年古刹在当时已经凋零颓败，再没有参观旅游的价值，被人们弃若敝屣了。

时间一下子跳过了五十年，我已届古稀之年，可以说是一个地地道道的老人了，可是我偏一点儿老的感觉都没有，有时候还会忽发少年狂。此时，大觉寺已经名传遐迩，那一棵有三百年树龄的“玉兰之工”就生长在大觉寺中，每年春天花发时总会吸引众多的游人前去观赏。八十年代初的一个春天，听说玉兰之王正在繁花怒放，我于是同大泓和二泓骑自行车，长驱三四十公里，到大觉寺去随喜。走在半路上，想停车休息一会儿，我的双腿已经麻木，几乎下不了车。幸亏有两个孩子的扶掖，才勉强再登上车，鼓起余勇，一鼓作气，终于到达了大觉寺。

人们，其中包括一些学者常说，第一印象是最准确、最清晰，因而也就是最符合实际情况、最可靠的印象。我对大觉寺的第一个印象怎样呢？山门虽不新，但也没有给人以寥落颓败之感，想必是在过去五十年中修缮过一次，所以才有现在这个情况。这一天来的人多如过江之鲫，到处人声喧阗，古寺的沉寂完全被打破。好不容易挤进了寺门，只见殿阁庄严，花木葳蕤。丁香、藤萝已经开过，只剩下绿叶肥大。最引人注目的是那几棵千年古松柏，树身如苍龙盘曲，尖顶直刺入蔚蓝的晴空，使人看了，精神立刻为之一振。我们先看了北玉兰院的几棵玉兰，花开得正茂密。最后转到南玉兰院，看那一棵玉兰之王。躯干极粗，但是主干已锯掉，只剩下旁枝，至少已有上百年的历史；但是比起三百余年的主干，仍然如小巫见大巫。此时玉兰花正在怒放，开得茂密压枝。与之相对的是一棵树龄比较小一点儿的紫玉兰。两棵树一白一紫，相映成趣。大地的无限活力仿佛都随着花朵喷涌出来。无论谁看了，都会感到生命力的无穷无尽；都会感到人间的可爱，人间净土就在眼前；都会油然产生凌云的壮志。我们也都兴致淋漓，又走上后山，看了水泉。然后出寺野餐，又骑上自行车，回到了燕园，留下了终生难忘的记忆。

时间又一下子跳了将近二十年。我已经到了望九之年，垂垂老矣。两年前，我忽然接到一份请柬，要我到大觉寺去为明慧茶院开院典礼剪彩。这使我有点儿惊愕：大觉寺怎么会同什么明慧茶院联系到一起呢？我准时去了。这是我第三次进大觉寺。此时此地，如果在江南，正是“杂花生树，群莺乱飞”的季节，现在这里却只有杂花，而无群莺。寺内外已加修缮，特别是从南玉兰院一直到后面上面水泉楼一路几层院落，修饰得美轮美奂，金碧辉煌，雕梁画栋，熠熠闪光。简直是换了人间，今非昔比了。可惜丁香、玉兰已经开过花，只有那一架古藤萝仍然是繁花满枝，引得蜜蜂团团飞舞。

明慧茶院是怎么一回事呢？原来是北大中文系毕业生欧阳旭先生弃学从商，用现在的话来说就是“下了海”。欧阳旭先生经营有方，过了没多久，经营就有可观的规模。但他毕竟是文化人，发财不忘文化。在众多经营之余，在海淀创办了国林风书店，其规模之大，可与风入松书店并驾齐驱。其藏书之精，又与万圣、风入松鼎足而立，为首都文化中心海淀增一异彩。据欧阳旭亲口告诉我，几年前，他同几个伙伴秋游，到了傍晚，在西山乱山中迷了路。“黄昏到寺蝙蝠飞”，他们碰巧走进了一座古寺，回不了城，就借住在那里。这就是大觉寺。夜里，他同管理寺庙的人剪烛夜话，偶然心血来潮，想在这座幽静僻远的古刹中创办点儿什么。三谈两谈，竟然谈妥，于是就出现了明慧茶院。难道这不就是佛家所说的因缘，俗语所说的机遇，哲学家所说的偶然性吗？

可是我心中有一个谜，至今仍处在解决与未解决之间。在宝刹大觉寺中可以兴办的事业是很多很多的，为什么欧阳旭独独钟情于茶呢？中国是茶的原产地，茶文化是中华文化不可分割的一个组成部分，中国饮茶的历史已有一两千年，而且茶文化传遍了世界，在日本独为繁荣，形成了闻名世界的日本茶道，也是日本文化不可分割的一部分。在欧洲，最著名的饮茶国家，喝的是红茶，在北非和中东，阿拉伯国家也喜欢饮茶，喝的是龙井，是绿茶。根据最近的世界饮料新动向，茶叶大有取代咖啡和可可之势，行将见中国的茶文化传遍世界，为人类造福，为中华添彩，发扬光大之日，就在眼前了。

谈到饮茶，必须有两个绝不可缺少的条件：一个是茶，一个是水。北方不产茶，至少是北京不能产茶，这是天意，谁也无力回天。至于水，北京是有的。但是山中有水，在北方实如凤毛麟角。有水斯有寺，有寺斯有名，这是北京的独特规律。山泉与普通河水迥乎不同，它来自高山深处，毫无污染，而且含有许多对人体有益的微量元素，入口甘甜，如饮醍醐。再加上名茶一泡，天造地设，相得益彰。大觉寺就以泉水著称，一千余年前的辽代之所以在这里建寺，主要就是这里有甘泉。不管天多么旱，泉水总是从寺后最高处潺潺流出，永不衰竭。这是一个极为难得的条件。甘泉再佐以佳茗，则二美俱矣。这个好像摆在眼前现成的想法，为什么别人就从未想到过，只有等到二十世纪末来了一个年轻小伙子欧阳旭才想到了而且立即付诸实施建立了明慧茶院呢？这里面难道还有什么十分深奥难测的奥义吗？

不管怎样，明慧茶院建立起来了。开幕的那一天，虽然没能看到玉兰开花，但是，到的名人颇为不少，学术界和艺术界的一些著名人物，如欧阳中石、范曾等，都光临了。大家在憩云轩观赏禅茶表演。几个被派到南方专门学习禅茶表演的年轻的女孩子，在挂在门上的绣有一个大大的“禅”字的帷幕前，在一张精心布置的桌子上，认真表演茶艺，伴奏的是佛乐，庄严肃穆，乐声低沉而清越。唐明皇当年听到了仙乐，“骊宫高处入青云，仙乐风飘处处闻”。此时我们听到的是佛乐，乐声回荡在憩云轩前苍松翠柏之间，回荡到下面玉兰之王所住的明德轩小院中，回荡到上面山泉流出处的楼阁间，佛乐弥漫了整个大觉寺，仿佛这里就是人间净土、地上桃源。我因为坐在第一张桌子旁，得天独厚，得以喝到第一杯禅茶，味道确同平常的不同，其余的嘉宾也都听了佛乐，喝了名茶，大家颇有点儿流连忘返之意。

从此北京西山增添了一个景点。

而我心中则增添了一个亮点。

我有时候无缘无故地就想到大觉寺，神驰那里的苍松翠柏、玉兰、藤萝。第二年，正当玉兰花开花的时候，我急不可待地第四次到了大觉寺。那时许多棵玉兰都在奋勇怒放。那一棵玉兰之王开得更是邪乎，满树繁花，累累垂垂，把树干树枝完全盖满，只见白花，不见青枝，全树几千朵花仿佛开成了一朵硕大无朋的白色大花，照亮了明德轩小院，照亮了整个大觉寺，照亮了宇宙，逼得旁边那一棵有名的鼠李寄柏干瘪无光。连同玉兰之王对生的那一棵紫玉兰也失去了光彩。我失去了描绘的能力，思想和语言都一样，嘴里只能连声赞叹：奈何！奈何！

过了不过个把月，我又一次来到了大觉寺，这次同来的有侯仁之、汤一介、乐黛云、李玉洁等人，我们第一次在这里过夜。侯仁之和我两个老头儿，被欧阳旭安排在明德轩所谓“总统套房”中。既曰“总统”，必然华贵。我是个上不得台面的人，平生不想追求华贵。我曾在印度总统府里住过，在一间像篮球场那样大的房间里，一个卧榻端端正正摆在正中央。我躺在上面，四顾茫然，宛如孤舟大洋，海天渺茫，我一夜没有睡着。今天又要住总统套房，心里真有点儿嘀咕。此时玉兰已经绿叶满枝，不见花影，而对面的一棵太平花则正在疯狂怒放，照得满院生辉。晚饭后，我们几个人围坐在太平花下，上天下地，闲聊一番。寂静的古寺更加寂静，仿佛宇宙间只有我们几个人遗世而独立，身心愉快，毕生所无。走进总统套房，居然一夜酣睡，真如羲皇上人矣。

第二天，我照例四点起床，走出明德轩。此时晨曦未露，夜气犹存，微风不起，松涛无声。太平花似乎还没有睡醒，玉兰之王的绿叶也在凝定不动。古寺中一片寂静。只有屋脊上狂蹿乱跳的小松鼠，跑来跑去，络绎不绝，令人感到宇宙还在活着，并未寂灭。我一个人独立中庭，享受了生平第一个安静甜蜜的早晨，让我永世难忘。

从此以后，我心中的那个亮点更加明亮了。我常常想到大觉寺，只要有机会，我就到大觉寺来。能够谈得来的一些朋友，我也想方设法请他们到大觉寺来品茗，最好是能住上一夜，领略一下这一座古寺的静夜幽趣。连从台湾不远千里而来的台湾大学图书馆馆长林光美女士，尽管是戎马倥偬，南北奔波，我也请她到大觉寺来住了一夜。她是品茗专家，是内行，她对大觉寺泉水和名茶的赞扬，其意义应该说是与众不同的，现在她已经回到了台北，我相信，她带回去的一定是对大觉寺美好的回忆。

至于我自己为什么这样向往大觉寺呢？这要同我目前的生活情况谈起。近几年来，不知道是从哪里来的一片虚名，套在了我的头上，成了一圈光环，给我招惹来了剪不断理还乱的麻烦。这个会长，那个主编，这个顾问，那个理事，纷至沓来，究竟有多少这样的纸冠，我自己实在无法弄清，恐怕只有上帝知道了。我成了采访的对象，这个电台，那个电视台，这家报纸，那家杂志，又是采访录像，又是电话采访。一遇到什么庆典或什么纪念，我就成了药方中的甘草，万不能缺。还有无穷无尽的会议，个个都自称意义重大，非参加不行。每天下午，我就成了专家门诊的专家，客厅里招待一拨客人，另外一拨或多拨候诊者只好在别的屋里等候。采访者照相成了应有之义。做道具照相，我已习惯。但是，照相者几乎每次必高呼：“笑一笑！”试问我一肚乱絮般的思绪，我能笑得起来吗？即使勉强一笑，脸上成什么模样，我自己是连想都不敢想的。校系两级领导，关心我的健康，在我门上贴上了“谢绝会客”的通知。然而知书识字的来访者却熟视无睹，依然想方设法闯进门来。听说北京某大学某一位名人，大概遇到了同我一样的遭遇，自己在门上大书：某某死了！但是，死了也不行，他们仍然闯进门来，要向遗体告别。

“十年浩劫”期间，我忽发牛劲儿，以卵击石，要同北大那位“老佛爷”决斗，结果全军覆没，被抄家，被批斗，被关进牛棚，好不容易捡回来一条小命，却成了“不可接触者”。几年之内，我没接到一封来信，没有一个客人。走在校内，没有哪个人敢同我说上一句话。我自己知趣，凡上路，必茫然向前看，绝不左顾右盼，也绝不敢踩别人的影子，以免把灾殃传给别人。你说，这样心里能痛快吗？当然不能。有时候我一个人困居斗室，感前途之无望，悲未来之渺茫，只觉得凄凉、孤独、寂寞、无助，此中滋味，非同病者实难相怜也。

然而，物换斗移，时异世迁，我从一个“不可接触者”一变而为“极可接触者”，宛如从十八层地狱一下子跃上三十三天。最初有一阵喜悦，自是人之常情。然而，时隔不久，这喜悦就逐渐淡漠下来，代之而起的是无名的苦恼。“千秋万岁名，寂寞身后事”，我不想争名。我的收入足以维持我那水平不高的生活，我不想夺秋。我现在要求最迫切的是还我清净。“不可接触者”

是最容易得到清净的。然而如今谁有这个本领能发动亿万群众，共同上演一出空前残暴的悲剧呢？他年于无意中得之的“不可接触者”的地位，如今却是可望而不可即了。

我现在希望得到的是一片人间净土，一个世外桃源。万没想到，我又于无意中得到了净土和桃源，这就是欧阳旭在大觉寺创办的明慧茶院。我每一次从燕园驱车往大觉寺来，胸中的烦躁都与车行的距离成反比，距离愈拉长，我的烦躁愈减少，等到一进大觉寺的山门，我的烦躁情绪一扫而光，四大皆空了。在这里，我看到了我的苍松、翠柏、丁香、藤萝、梨花、紫荆，特别是我的玉兰和太平花，它们都好像是对我合十致敬。还有屋脊上蹿跳的小松鼠，也好像对我微笑。我想到我前不久写的那一副对联：

屋脊狂蹿小松鼠，
满院开满太平花。

不禁心旷神怡，虽古代桃花源中人，也不得不羡慕我了。

大概从人类有了较大的城市之日起，城市就与大自然形成了对立面，形成了鲜明的对照。连一千年前的陶渊明都曾高唱：“久在樊笼里，复得返自然”，欢悦之情，跃然纸上。清代末年，德国汉学家福兰阁任德国驻清朝的外交官，经常“上山”。我从他儿子傅吾康嘴里经常听到“上山”这个词儿。上哪个山呢？我从来没有问过，反正他每次来北京，总有一半时间“上山”。最近我才知道，他们父子俩上的山就是大觉寺，德国人毕竟是热爱自然的民族。到了今天，城市越来越大，越来越热闹，红尘万丈，喧嚣无度，虽然不能每个人都有像我那样的烦躁，但烦躁总会有的，只不过程度高低不同而已。大家都会渴望拥抱大自然，都在不同程度上想找一个人间净土、世外桃源。可每个人并不能都找得到，这不能不说是一件憾事。

我是有福的，我找到了大觉明慧茶院，而且帮助我的朋友们认识这是一块人间净土、世外桃源，我的朋友也都有福了。

我心中的那一个亮点将会愈来愈亮，愈亮。

一九九九年五月二十二日写毕

# 贰……

# 冷暖人间，真情常在

我向外怅望，希望发现母亲的足迹。
但看到的却是每天看到的那一排窗户，
现在都沉浸在静寂中，里面的梦该是甜蜜的吧！

# 寻梦

夜里梦到母亲，我哭着醒来。醒来再想捉住这梦的时候，梦却早不知道飞到什么地方去了。

我瞪大了眼睛看着黑暗，一直看到只觉得自己的眼睛在发亮。眼前飞动着梦的碎片，但当我想到把这些梦的碎片捉起来凑成一整个的时候，连碎片也不知道飞到什么地方去了，眼前剩下的只有母亲依稀的面影……

在梦里向我走来的就是这面影。我只记得，当这面影才出现的时候，四周灰蒙蒙的，母亲仿佛从云堆里走下来，脸上的表情有点儿同平常不一样，像笑，又像哭，但终于向我走来了。

我是在什么地方呢？这连我自己也有点儿弄不清楚。最初我觉得自己是在现在住的屋子里。母亲就这样一推屋角上的小门，走了进来，橘黄色的电灯罩的穗子就罩在母亲头上。于是我又想了开去，想到哥廷根的全城：我每天去上课走过的两旁有惊人的粗的橡树的古旧的城墙，斑驳陆离的灰黑色的老教堂，教堂顶上的高得有点儿古怪的尖塔，尖塔上面的晴空。然而，我的眼前一闪，立刻闪出一片芦苇，芦苇的稀薄处还隐隐约约地射出了水的清光。这是故乡屋后面的大苇坑。于是我立刻感觉到，不但我自己是在这苇坑的边上，连母亲的面影也是在这苇坑的边上向我走来了。我又想到，当我童年还没有离开故乡的时候，每个夏天的早晨，天还没亮，我就起来，沿了这苇坑走去，很小心地向水里面看着。当我看到暗黑的水面下有什么东西在发着白亮的时候，我伸下手去一摸，是一只白而且大的鸭蛋。我写不出当时快乐的心情。这时再抬头看，往往可以看到对岸空地里的大杨树顶上正有一轮淡红的朝阳——两年前的一个秋天，母亲就静卧在这杨树的下面，永远地，永远地。现在又在靠近杨树的坑旁看到她生前八年没见面的儿子了。

但随了这苇坑闪出的却是一枝白色灯笼似的小花，而且就在母亲的手里。我真想不出故乡里什么地方有过这样的花。我终于又想了回来，想到哥廷根，想到现在住的屋子，屋子正中的桌子上两天前房东曾给摆上这样一瓶花。那么，母亲毕竟是到哥廷根来过了，梦里的我也毕竟在哥廷根见过母亲了。

想来想去，眼前的影子渐渐乱了起来。教堂尖塔的影子套上了故乡的大苇坑，在这不远的后面又现出一朵朵灯笼似的白花，在这一些的前面若隐若现的是母亲的面影。我终于也不知道究竟在什么地方看到母亲了。我努力压住思绪，使自己的心静了下来，窗外立刻传来潺潺的雨声，枕上也觉得微微有寒意。我起来拉开窗幔，一缕清光透进来。我向外怅望，希望发现母亲的足迹。但看到的却是每天看到的那一排窗户，现在都沉浸在静寂中，里面的梦该是甜蜜的吧！

但我的梦却早飞得连影都没有了，只在心头有一线白色的微痕，蜿蜒出去，从这异域的小城一直到故乡大杨树下母亲的墓边；还在暗暗地替母亲担着心：这样的雨夜怎能跋涉这样长的路来看自己的儿子呢？此外，眼前只是一片空蒙，什么东西也看不到了。

天哪！连一个清清楚楚的梦都不给我吗？我怅望灰天，在泪光里，幻出母亲的面影。

一九三六年七月十一日于哥廷根

# 寸草心

## 小引

我已至望九之年，在这漫长的生命中，亲属先我而去的，人数颇多。俗话说：“死人生活在活人的记忆里。”先走的亲属当然就活在我的记忆里。越是年老，想到他们的次数就越多。想得最厉害的偏偏是几位妇女。因为我是一个激烈的女权卫护者吗？不是的。那么究竟原因何在呢？我说不清。反正事实就是这样。我只能说是因缘和合了。

我在下面依次讲四位妇女。前三位属于“寸草心”的范畴，最后一位算是借了光。

## 大奶奶

我的上一辈，大排行，共十一位兄弟。老大、老二，我叫他们“大大爷”“二大爷”，是同父同母所生。父亲是个举人，做过一任教谕，官阶未必入流，却是我们庄最高的功名，最大的官，因此家中颇为富有。兄弟俩分家，每人还各得地五六十亩。后来被划为富农。老三、老四、老五、老六、老八、老十，我从未见过，他们父母生身情况不清楚，因家贫遭灾，闯了关东，黄鹤一去不复归矣。老七、老九、老十一，是同父同母所生，老七是我父亲。从小父母双亡，我从来没有见过我的祖父母。贫无立锥之地，十一叔送给了别人，改了姓。九叔也万般无奈被迫背井离乡，流落济南，好歹算是在那里立定了脚跟。我六岁离家，投奔的就是九叔。

所谓“大奶奶”，就是举人的妻子。大大爷生过一个儿子，也就是说，大奶奶有过一个孙子。可惜在娶妻生子后就夭亡了，我从来没有见过他。因此，在我上一辈十一人中，男孩子只有我这一个独根独苗。在旧社会“不孝有三，无后为大”的环境中，我成了家中的宝贝，自是意中事。可能还有一些别的原因，在我六岁离家之前，我就成了大奶奶的心头肉，一天不见也不行。

我们家住在村外，大奶奶住在村内。有很长一段时间，我每天早晨一睁眼，滚下土炕，一溜烟就跑到村内，一头扑到大奶奶怀里。只见她把手缩进非常宽大的袖筒里，不知从什么地方拿出半块或一整个白面馒头，递给我。当时吃白面馒头叫作吃“白的”，全村能每天吃“白的”的人，屈指可数，大奶奶是其中一个，季家全家是唯一的一个。对我这个连“黄的”（指小米面和玉米面）都吃不到，只能凑合着吃“红的”（红高粱面）的小孩子，“白的”简直就像是龙肝凤髓，是我一天望眼欲穿地最希望享受到的。

按年龄推算起来，从能跑路到离开家，大约是从三岁到六岁，是我每天必见大奶奶的时期，也是我一生最难忘怀的一段生活。我的记忆中往往闪出一株大柳树的影子。大奶奶弥勒佛似的端坐在一把奇大的椅子上。她身躯胖大，据说食量很大。有一次，家人给她炖了一锅肉。她问家里的人：“肉炖好了没有？给我盛一碗拿两个馒头来，我尝尝！”食量可见一斑。可惜我现在怎么样也挖不出吃肉的回忆，我不会没吃过的。大概我的最高愿望也不过是吃点儿“白的”，超过这个标准，对我就如云天渺茫，连回忆都没有了。

可是我终于离开了大奶奶，以古稀或耄耋的高龄，失掉我这块心头肉，大奶奶内心的悲伤，完全可以想象。“遥怜小儿女，未解忆长安。”我只有六岁，稍有点儿不安，转眼就忘了。等我第一次从济南回家的时候，是送大奶奶入土的。从此我就永远失掉了大奶奶。

大奶奶会永远活在我的记忆中。

## 我的母亲

我是一个最爱母亲的人，却又是一个享受母爱最少的人。我六岁离开母亲，以后有两次短暂的会面，都是由于回家奔丧，最后一次是分离八年以后，又回家奔丧。这次奔的却是母亲的丧。回到老家，母亲已经躺在棺材里，连遗容都没能见上。从此，天人永隔，连回忆里母亲的面影都变得迷离模糊，连在梦中都见不到母亲的真面目了。这样的梦，我生平不知已有多少次。直到耄耋之年，我仍然频频梦到面目不清的母亲，总是老泪纵横，哭着醒来。对享受母亲的爱来说，我注定是一个永恒的悲剧人物了。奈之何哉！奈之何哉！

关于母亲，我已经写了很多，这里不想再重复。我只想写一件我绝不相信其为真而又热切希望其为真的小事。

在清华大学念书时，母亲突然去世。我从北平赶回济南，又赶回清平，送母亲入土。我回到家里，看到的只是一个黑棺材，母亲的面容再也看不到了。有一天夜里，我正睡在里间的土炕上，一叔陪着我。中间隔一片枣树林的对门的宁大叔，径直走进屋内，绕过母亲的棺材，走到里屋炕前，把我叫醒，说他的老婆宁大婶“撞客”了——我们那里把鬼附人体叫作“撞客”——撞的客就是我母亲。我大吃一惊，一骨碌爬起来，跌跌撞撞，跟着宁大叔，穿过枣林，来到他家。宁大婶坐在炕上，闭着眼睛，嘴里却不停地说着话，不是她说话，而是我母亲。一见我（毋宁说是一“听到我”，因为她没有睁眼），就抓住我的手，说：“儿啊！你让娘想得好苦呀！离家八年，也不回来看看我。你知道，娘心里是什么滋味呀！”如此刺刺不休，说个不停。我仿佛当头挨了一棒，懵懵懂懂，不知所措。按理说，听到母亲的声音，我应当号啕大哭。然而，我没有，我似乎又清醒过来。我在潜意识中，连声问着自己：这是可能的吗？这是真事吗？我心里酸甜苦辣，搅成了一锅酱。我对“母亲”说：“娘啊！你不该来找宁大婶呀！你不该麻烦宁大婶呀！”我自己的声音传到我自己的耳朵里，一片空虚，一片淡漠。然而，我又不能不这样，我的那一点儿“科学”起了支配的作用。“母亲”连声说：“是啊！是啊！我要走了。”于是宁大婶睁开了眼睛，木然、愕然坐在土炕上。我回到自己家里，看到母亲的棺材，伏在土炕上，一直哭到天明。

我不能相信这是真的，但是希望它是真的。倚闾望子，望了八年，终于“看”到了自己心爱的独子，对母亲来说不也是一种安慰吗？但这是多么渺茫、多么神奇的一种安慰呀！

母亲永远活在我的记忆里。

## 我的婶母

这里指的是我九叔续弦的夫人。第一位夫人，虽然是把我抚养大的，我应当感谢她。但是，留给我的却不都是愉快的回忆，我写不出什么文章。

这一位续弦的婶母，是在一九三五年夏天我离开济南以后才同叔父结婚的，我并没见过她。到了德国写家信，虽然“敬禀者”的对象中也有“婶母”这个称呼，却对我来说是一个空洞的概念，一直到一九四七年，也就是说十二年以后，我从北平乘飞机回济南，才把概念同真人对上了号。

婶母（后来我们家里称她为“老祖”）是绝顶聪明的人，也是一个有个性有脾气的人。我初回到家，她是斜着眼睛看我的，这也难怪。结婚十几年了，忽然凭空冒出来了一个侄子。“他是什么人呢？好人？坏人？好不好对付？”她似乎有这样多的问号。这是人之常情，不能怪她。

我却对她非常尊敬，她不是个一般的人。在我离家十二年，我在欧洲经历了第二次世界大战，她在国内经历了日军占领和抗日战争。我是亲老、家贫、子幼，可是鞭长莫及。有五六年，音信不通。上有老，下有小，叔父脾气又极暴烈，甚至有点儿乖戾，极难侍奉。有时候，经济没有来源，全靠她一个人支持。她摆过烟摊；到小市上去卖衣服家具；在日军刺刀下去领混合面；骑着马到济南南乡里去勘查田地，充当地牙子，赚点儿钱供家用；靠自己幼时所学的中医知识，给人看病。她以“少妻”的身份，对付难以对付的“老夫”。她的苦心至今还催我下泪。在这万分艰苦的情况下，她没让孙女和孙子失学，把他们抚养成人。总之，一句话，如果没有老祖，我们的家早就完了。我回到家里来也恐怕只能看到一座空房，妻离子散，叔父归天。

我自认还不是一个浑人。我极重感情，绝不忘恩。老祖的所作所为，我看到眼里，记在心中。回北平以后，给她写了一封长信，称她为“老季家的功臣”。听说，她很高兴。见了自己的娘家人，详细通报。从此，她再也不斜着眼睛看我了，我们两人之间的关系十分融洽，互相尊重。我们全家都尊敬她，热爱她，“老祖”这一个朴素简明的称号，就能代表我们全家人的心。

叔父去世以后，老祖同我的妻子彭德华从济南迁来北京。我们一起生活了将近三十年，从没有半点儿龃龉，总是你尊我敬的。自从我六岁到济南以后，六七十年来，我们家从来没有吵过架，这是极为难得的。我看进入吉尼斯世界纪录，也不为过。老祖到我们家以后，我们能这样和睦，主要归功于她和德华二人，我在其中起的作用，微乎其微。以八十多的高龄，老祖身体健康，精神愉快，操持家务，全都靠她。我们只请了做小时工的小保姆。老祖天天背着一个大黑布包，出去采买食品菜蔬，成为朗润园的美谈。老祖是非常满意的，告诉自己的娘家人说：“这一家子都是很孝顺的。”可见她晚年心情之一斑。我个人也是非常满意的，我安享了二三十年的清福。老祖以九十岁的高龄离开人世，我想她是含笑离开的。

老祖永远活在我的记忆里。

一九九五年六月二十四日

# 我的妻子

我在上面说过：德华不应该属于“寸草心”的范畴。她借了光，人世间借光的事情也是常有的。

我因为是季家的独根独苗，身上负有传宗接代的重大任务，所以十八岁就结了婚。父母之命，媒妁之言，自不在话下。德华长我四岁。对我们家来说，她真正做到了“毫不利己，专门利人”，一辈子勤勤恳恳，有时候还要含辛茹苦。上有公婆，下有稚子幼女，丈夫十几年不在家。公公又极难侍候，家里又穷，经济朝不保夕。在这些年，她究竟受了多少苦，她只是偶尔对我流露一点儿，我实在说不清楚。

德华天资不是太高，只念过小学，大概能认千八百字。我念小学的时候，曾偷偷地看过许多旧小说，什么《西游记》《封神演义》《彭公案》《施公案》《济公传》《七侠五义》《小五义》等都看过。当时这些书对我来说是“禁书”，叔叔称之为“闲书”。看“闲书”是大罪状，是绝对不允许的。但是，不但我，连叔父的女儿秋妹都偷偷地看过不少。她把小说中常见的词儿“飞檐走壁”念成“飞腾走壁”，一时传为笑柄。可是，德华一辈子也没有看过任何一部小说，别的书更谈不上了。她没有给我写过一封信，她根本拿不起笔来。到了晚年，连早年能认的千八百字也都大半还给了老师，剩下的不太多了。因此，她对我一辈子搞的这一套玩意儿根本不知道是什么东西，有什么意义。她似乎从来也没有想知道过。在这方面，我们俩毫无共同语言。

在文化方面，她就是这个样子。然而，在道德方面，她却是超一流的。上对公婆，她真正尽了孝道；下对子女，她真正做到了慈母应做的一切；中对丈夫，她绝对忠诚，绝对服从，绝对爱护。她是一个极为难得的孝顺媳妇，贤妻良母。她对待任何人都是忠厚诚恳，从来没有说过半句闲话。她不会撒谎，我敢保证，她一辈子没有说过半句谎话。如果中国将来要修“二十几史”，而其中又有什么“妇女列传”或“闺秀列传”的话，她应该榜上有名。

一九六二年，老祖同德华从济南搬到北京来。我过单身汉生活数十年，现在总算是有了一个家。这也是德华一生的黄金时期，也是我一生最幸福的时候。我们家里和睦相处，你尊我让，从来没有吵过嘴。有时候家人朋友团聚，食前方丈，杯盘满桌，烹饪往往由她们二人主厨。饭菜上桌，众人狼吞虎咽，她们俩却往往是坐在一旁，笑眯眯地看着我们吃，脸上流露出极为怡悦的表情。对这样的家庭，一切赞誉之词都是无用的，都会黯然失色的。

我活到了八十多，参透了人生真谛。人生无常，无法抗御。我在极端的快乐中，往往心头闪过一丝暗影：天下无不散的筵席。我们家这一出十分美满的戏，早晚会有煞戏的时候。果然，老祖先走了，去年德华又走了。她也已活到米寿，她可以瞑目了。

德华永远活在我的记忆里。

一九九五年六月二十五日

# 一双长满老茧的手

有谁没有手呢？每个人都有两只手。手，已经平凡到让人不再常常感觉到它的存在了。

然而，一天黄昏，当我乘公共汽车从城里回家的时候，一双长满了老茧的手却强烈地引起了我的注意。我最初只是坐在那里，看着一张晚报。在有意无意之间，我的眼光偶尔一滑，正巧落在一位老妇人的一双长满老茧的手上。我的心立刻震动了一下，眼光不由得就顺着这双手向上看去：先看到两手之间的一个胀得圆圆的布包；然后看到一件洗得挺干净的褪了色的蓝布褂子；再往上是一张饱经风霜布满了皱纹的脸，长着一双和善慈祥的眼睛；最后是包在头上的白手巾，银丝般的白发从里面披散下来。这一切都给了我极好的印象。但是给我印象最深的还是那一双长满了老茧的手，它像吸铁石一般吸住了我的眼光。

老妇人正在同一位青年学生谈话，她谈到她是从乡下来看她在北京读书的儿子的，谈到乡下年成的好坏，谈到来到这里人生地疏，感谢青年对她的帮助。听着她的话，我不由得深深地陷入回忆中，几十年的往事蓦地涌上心头。

在故乡的初秋，秋庄稼早已经熟透了，一望无际的大平原上长满了谷子、高粱、老玉米、黄豆、绿豆等，郁郁苍苍，一片绿色，里面点缀着一片片的金黄和星星点点的浅红和深红。虽然暑热还没有退尽，秋的气息已经弥漫大地了。

我当时只有五六岁，高粱比我的身子高一倍还多。我走进高粱地，就像是走进大森林，只能从密叶的间隙看到上面的蓝天。我天天早晨在朝露未退的时候到这里来擗高粱叶。叶子上的露水像一颗颗的珍珠，闪出淡白的光。把眼睛凑上去仔细看，竟能在里面看到自己缩得像一粒芝麻那样小的面影，心里感到十分新鲜有趣。老玉米也比我高得多，必须踮起脚才能摘到棒子。谷子同我差不多高，现在都成熟了，风一吹，就涌起一片金浪。只有黄豆和绿豆比我矮，我走在里面，觉得很爽朗，一点也不闷气，颇有趾高气扬之概。

因此，我就最喜欢帮助大人在豆子地里干活。我当时除了跟大奶奶去玩以外，总是整天缠住母亲，她走到哪里，我跟到哪里。有时候，在做午饭以前，她到地里去摘绿豆荚，好把豆粒剥出来，拿回家去煮午饭，我也跟了来。这时候正接近中午，天高云淡，蝉声四起，蝈蝈儿也爬上高枝，纵声欢唱，空气中飘拂着一股淡淡的草香和泥土的香味。太阳晒到身上，虽然还有点热，但带给人暖烘烘的舒服的感觉，不像盛夏那样令人难以忍受了。

在这时候，我的兴致是十分高的。我跟在母亲身后，跑来跑去。捉到一只蚱蜢，要拿给她看一看；掐到一朵野花，也要拿给她看一看。棒子上长了乌霉，我觉得奇怪，一定问母亲为什么；有的豆荚生得短而粗，也要追问原因。总之，这一片豆子地就是我的乐园。我说话像百灵鸟，跑起来像羚羊，腿和嘴一刻也不停，干起活来，更是全神贯注，总想用最高的速度摘下最多的绿豆荚来。但是，一检查成绩，却未免令人气短：母亲的筐子里已经满了，而自己的呢，连一半还不到哩。在失望之余，就细心加以观察和研究。不久，我就发现，这里面也并没有什么奥妙，关键就在母亲那一双长满了老茧的手上。

这一双手看起来很粗，由于多年劳动，上面长满了老茧，可是摘起豆荚来，却显得十分灵巧迅速。这是我以前没有注意到的事情。我小小的心灵里不禁有点困惑。我注视着它，久久不愿意把眼光移开。我当时岁数还小，经历的事情不多。我还没能把许多同我的生活有密切联系的事情都同这一双手联系起来，譬如说做饭、洗衣服、打水、种菜、养猪、喂鸡，如此等等。我当然更没能读到“慈母手中线，游子身上衣”这样的诗句。但是，从那以后，这一双长满了老茧的手却在我的心里占据了一个重要的位置，留下了一个不可磨灭的印象。

后来大了几岁，我离开母亲，到城里跟叔父去念书，代替母亲照顾我生活的是王妈，她也是一位老人。她原来也是乡下人，干了半辈子庄稼活。后来丈夫死了，儿子又逃荒到关外去，二十年来，音信全无。她孤苦伶仃，一个人在乡里活不下去，只好到城里来谋生，我叔父就把她请到我们家里来帮忙。做饭、洗衣服、扫地、擦桌子，家里那一些琐琐碎碎的活她一个人全给包下来了。

王妈除了从早到晚干那些刻板工作以外，每年还有一些带季节性的工作。每到夏末秋初，正当夜来香开花的时候，她就搓麻线，准备纳鞋底，给我们做鞋。干这活都是在晚上。这时候，大家都吃过了晚饭，坐在院子里乘凉，在星光下，黑暗中，随意说着闲话。我仰面躺在席子上，透过海棠树的杂乱枝叶的空隙，看到夜空里眨着眼的星星。大而圆的蜘蛛网的影子隐隐约约地印在灰暗的天幕上。不时有一颗流星在天空中飞过，拖着长长的火焰尾巴，只是那么一闪，就消失到黑暗里去。一切都是这样静。在寂静中，夜来香正散发着浓烈的香气。

这正是王妈搓麻线的时候。干这个活本来是听不到多少声音的。然而现在那揉搓的声音却听得清清楚楚。这就不能不引起我的注意了。我转过身来，侧着身子躺在那里，借着从窗子里流出来的微弱的灯光，看着她搓。最令我吃惊的是她那一双手，上面也长满了老茧。这一双手看上去拙笨得很，十个指头又短又粗，像是一些老干树枝子。但是，在这时候，它却显得异常灵巧美丽。那些杂乱无章的麻在它的摆布下，服服帖帖，要长就长，要短就短，一点也不敢违抗。这使我感到十分有趣。这一双手左旋右转，只见它搓呀搓呀，一刻也不停，仿佛想把夜来香的香气也都搓进麻线里似的。

这样一双手我是熟悉的，它同母亲的那一双手是多么相像呀，我总想多看上几眼。看着看着，不知道在什么时候，竟沉沉睡去了。到了深夜，王妈就把我抱到屋里去，同她睡在一张床上。半夜醒来，还听到她手里拿着大芭蕉扇给我赶蚊子。在朦朦胧胧中，扇子的声音听起来好像是从很远很远的地方传来似的。

去年秋天，我随着学校里的一些同志到附近乡村里一个人民公社去参加劳动。同样是秋天，但是这秋天同我五六岁时在家乡摘绿豆荚时的秋天大不一样。天仿佛特别蓝，草和泥土也仿佛特别香，人的心情当然也就特别舒畅了。因此，我们干活都特别带劲。人民公社的同志们知道我们这一群白面书生干不了什么重活，只让我们砍老玉米秸。但是，就算是砍老玉米秸，我们干起来仍然是缩手缩脚，一点也不利落。于是一位老大娘就走上前来，热心地教我们：怎样抓玉米秆，怎样下刀砍。在这时候，我注意到，她也有一双长满了老茧的手。我虽然同她素昧平生，但是她这一双手就生动具体地说明了她的历史。我用不着再探询她的姓名、身世，还有她现在在公社所担负的职务。我一看到这一双手，一想到母亲和王妈的同样的手，我对她的感情就油然而生，而且肃然起敬，再说什么别的话，似乎就是多余的了。

就这样，在公共汽车行驶声中，我的回忆围绕着一双长满了老茧的手连成一条线，从几十年前一直牵到现在，集中到坐在我眼前的这一位老妇人的手上。这回忆像是一团丝，愈抽愈细，愈抽愈多。它甜蜜而痛苦，错乱而清晰。在我一生中给我印象最深的三双长满了老茧的手，现在似乎重叠起来化成一双手了。它在我眼前不停地晃动，体积愈来愈扩大，形象愈来愈清晰。

这时候，老妇人同青年学生似乎发生了什么争执。我抬头一看，老妇人正从包袱里掏出来两个煮鸡蛋，硬往青年学生手里塞，青年学生无论如何也不接受。两个人你推我让，正在争执得不可开交的时候，公共汽车到了站，蓦地停住了。青年学生就扶了老妇人走下车去。我透过玻璃窗，看到青年学生用手扶着老妇人的一只胳膊，慢慢地向前走去。我久久注视着他俩逐渐消失的背影。我虽然仍坐在公共汽车上，但是我的心却仿佛离我而去。

# 病房杂忆

住到全国最有名的医院之一——301医院的病房里来，已经两年多了。要说有什么致命的大病，那不是事实。但是，要说一点儿病都没有，那也不是事实。一个人活到了九十五岁而一点儿病都没有，那不成了怪事吗？我现在的处境是，有一点儿病而享受一个真正病人的待遇，此我的心之所以不能安也。

我今年已经九十五岁，几乎等于一个世纪，而这一个世纪，又非同寻常。光是世界大战，就打过两次。虽然第一次没有打到中国来，但是，中国人民也没少受罪。在第二次世界大战期间，日本一大撮“浪人”（大家都会理解，我为什么只提“浪人”。实际上不止这些人）乘机占领了中国的大片土地，烧杀掳掠，无所不用其极。以致杀人成山，血流成河，中国人民陷入空前的灾难中。

此后是一个长达几十年的漫长过程。

盼星星

盼月亮

盼到东方出太阳

盼到狗年旺旺旺

盼到我安然坐在这大病房中，光亮又宽敞。

现在我的回忆特别活跃。上下五千年，纵横十万里，旮旮旯旯，我无所不忆。回忆是一种思想活动。大家都知道，思想这玩意儿，最无羁绊，最无阻碍，这可以说是思想的特点和优点。胡适之先生提倡大胆地假设，小心地求证。这话是绝对没有错的。假设越大胆越好，求证越小心越好。这都是思维活动。世界科学之所以能够进步，就因为有这种精神。

是不是思想活动要有绝对的自由呢？关于这个问题，大概有不同意见。中国过去，特别是在古典小说中，有时候把思想活动称之为心猿。一部《西游记》的主角是孙悟空，就是一只猴子。这只猴子，本领极大，法力无边。从花果山造反，打上天宫，视天兵天将如草芥。连众神之主的玉皇大帝，他都不放在眼中。玉皇大帝为了安抚他，把他请上天去，封他为弼马温。他嫌官小，立即造反，大闹天宫，把天宫搞得一塌糊涂。结果惊动了西天佛祖、南海菩萨，使用了大法力，把猴子制伏，压在五行山下，等待唐僧取经时，才放他出来，成为玄奘的大弟子。又怕他恶性难改，在他头上箍上了一圈铁箍，便把紧箍咒教给了唐僧。一旦猴子猴性发作，唐僧立即口中念念有词，念起紧箍咒来。猴头上的铁箍随之紧缩起来，让猴子疼痛难忍，于是立即改恶向善，成为一只服从师父教导的好猴子。

写到这里，我似乎听到了批评的意见：你不是写《病房杂忆》吗？怎么漫无边际，写到了紧箍咒和孙行者身上来了？这不是离题万里吗？我考虑了一下，敬谨答曰：没有离题。即使离的话，也只有一里。那九千九百九十九里，是你硬加到我头上来的。我不过想说，任何人，任何社会，都必须有紧箍意识。法院和警察局固然有紧箍的意义，连大马路上的红绿灯不也有紧箍的作用吗？

绕了一个小弯子，让我们回到我们的原题上：《病房杂忆》。“杂”者，乱七八糟之谓也。既然是乱七八糟，更需要紧箍的措施。我们必须在杂中求出不杂的东西，求出一致的东西。绝不能让回忆这玩意儿忽然而天，忽然而地也，任意横行。我们必须把它拴在一根柱子上。我现在坐在病房里就试着拴几根柱子，目前先拴两根：

## 一、小姐姐

回想起来，已经是八十年前的事情了。那时，我们家住在济南南关佛山街柴火市。我们住前院，彭家住后院。彭家二大娘有几个女儿和男孩子。小姐姐就是二大娘的二女儿，比我大，所以称之为姐姐，但是大不了几岁，所以称之为小姐姐。

我现在一闭眼，就能看到小姐姐不同凡俗的标致形象。中国旧时代赞扬女性美有许多词句。什么沉鱼落雁，什么闭月羞花。

这些陈词滥调，用到小姐姐身上，都不恰当，都有点儿可笑。倒是宋词里面有一些丽词秀句，可供参考。我在下面举几个例子。

江城子　苏东坡

腻红匀脸衬檀唇，晚妆新，暗伤春。手捻花枝，谁会两眉颦？

雨中花慢　苏东坡

嫩脸羞蛾，因甚化作行云，却返巫阳。

三部乐　苏东坡

美人如月，乍见掩暮云，更增妍绝。算应无恨，安用阴晴圆缺。

鹧鸪天　苏东坡

罗带双垂画不成，殢人娇态最轻盈。酥胸斜抱天边月，玉手轻弹水面冰。

无限事，许多情。四弦丝竹苦丁宁。饶君拨尽相思调，待听梧桐叶落声。

类似的例子还可举出一些来，我不再列举了。我的意思无非是想说，小姐姐秀色天成。用平常的陈词滥调来赞誉，反而适得其反。倘若把宋词描绘美人的一些词句，拿来用到小姐姐身上，将更能凸显她的风采。我在这里想补充几句：宋人的那一些词句描绘的多半是虚无缥缈的美人。而小姐姐却是活灵活现、真实存在的人物。倘若宋代词人眼前真有一个小姐姐，他们的词句将会更丰满，更灵透，更有感染力。

小姐姐是说不完的。上面讲到的都是外面的形象。在内部，她有一颗真诚、热情、同情别人、同情病人的心。大家都知道，麻风病是一种非常凶恶、非常可怕的病。在山东济南，治疗这种病的医院，不让在城内居留，而是在南门外千佛山下一片荒郊中修建的疗养院中，可见人们对这种恶病警惕性之高。然而小姐姐家里却有一位患麻风病的使女，自我认识小姐姐起，就在她家里。我当时虽然年龄小，懂事不多，然而也感到有点儿别扭。这位使女一直待在小姐姐家中，后来不知所终。我也没有这个闲心去刺探研究——随她去吧。

但是，对于小姐姐，我却不是这样随便。小姐姐是说不完的。在当时，我语不惊人，貌不压众，只不过是寄人篱下的一只丑小鸭，没有人瞧得起，没有人看得上。连叔父也认为我没有多大出息，最多不过是一个邮务生的材料。他认为我不闯实，胆小怕事。他哪里知道，在促进我养成这样的性格过程中，他老人家就起了不小的作用。一个慈母不在跟前的孩子，哪里敢飞扬跋扈呢？我在这里附带说上几句话：不管是出于什么原因，出于什么动机，毕竟是叔父从清平县穷乡僻壤的官庄把我带到了济南，我因此得到了念书的机会，才有了今天的我。我永远感谢他。

闲言少叙，书归正传。话头仍然回到小姐姐身上。但是，在谈小姐姐之前，我先粗笔勾画一下我那几年的情况。在小学和初中时期。我贪玩，不喜欢念书，并无什么雄心壮志，不羡慕别人考甲等第一。但是，不知道是由于哪一路神仙呵护，我初中毕业考试平均分竟达到了97分，成为文理科十几个班之冠。这一件个人大事，公众小事，触动了当时的山东教育厅厅长——前清状元王寿彭老先生。他亲自命笔，写了一副对联和一个扇面给我，算是对我的奖励。我也是一个颇有点儿虚荣心的人，受到了王状元这样的礼遇，心中暗下决心：既然上来了，就不能再下去。于是，奋发图强，兀兀穷年。结果是，上了三年高中，六次期考，考了六个甲等第一。高中最后一年，是在杆石桥那个大院子里度过的。此时，我已经小有名气。国文，被国文教员董秋芳先生评为全校之冠（同我并列的还有一个人王俊岑，后入北大数学系）；英文，我被大家称为Greathome（大家，戏笑之词，不足为训）。我当时能用英文写相当长的文章。现在回想起来，自己都有点儿惊诧。当我看到英文教员同教务处的几位职员在一起谈到我的英文作文，那种眉开眼笑的样子，我真的不禁有点儿飘飘然了。

上面这些情况，都是我们家搬离柴火市以后发生的，此时，即使小姐姐来走娘家，前面院子也已经是人去屋空了。那一位小兄弟（我）也已杳若黄鹤，不知飞向何处去了。事实上，我飞得真不能算近。我于1935年离开祖国，到了德国，一住就是十年。一直到1946年，才辗转回国。当时国内正在进行战争。我从上海乘轮船到了秦皇岛，又乘火车到了北京。此时正是秋风吹昆明（湖），落叶满长安（街）的深秋。离京十载，一旦回来，心中喜悦之情，不足为外人道也。

然而小姐姐却仍然见不到。

我被聘为北京大学教授，兼东方语言文学系主任，时间是1946年。1946年和1947年这两年，仍然教书。此时战争未停，铁路不通。航空又没有定期航班，只能碰巧搭乘别人订好的包机。这种机会是不容易找的。我一直等到1948年，才碰到了这样的好机会。于是我就回到了阔别十三载的济南，见到了我家里的人，也见到了小姐姐。

## 二、大宴群雌

那一年，我三十七岁。若以四十岁为分界线的话，我还不到中年，还是一个青少年。然而，当时知识分子最高的追求有二：第一个是有一个外国博士头衔（当时中国还没有授予博士的办法）；第二个是有大学教授的称号。这两件都已是我的囊中之物。旧时代所谓“少年得志”差堪近之。要说没有一点儿沾沾自喜，那不是真话。此时，工资也相当高，囊中总是鼓鼓囊囊的。我处心积虑，想让大家痛快一下。在中国，率由旧章，就是请大家吃一顿。这对我来说并不困难，于是我想立即付诸实施。

但是，且慢。在中国请客吃饭是一门学问。中国智慧（Chinese Wisdom）有一部分就蕴藏在这里面。家人父子，至亲好友，大家随便下个馆子，撮上一顿，这里面没有很深的哲学。但是，一旦请外人吃饭，就必须考虑周详：请什么人？为什么请？怎样请？其中第一个问题最重要。中国有一句俗话："做菜容易请客难。"对我来说，做菜确实很容易，请客也并不难。以我当时的身份和地位，请谁，他也会认为是一种光荣。可是，一想到具体的人，又须伤点儿脑筋。第一个，小姐姐必须请，这毫无问题，无复独多虑。第二个就是小姐姐的亲妹妹，彭家四姑娘，我叫她荷姐的。这个人比漂亮，虽然比不上她姐姐的花容月貌，但也似乎沾了一点儿美的基因，看上去赏心悦目，伶俐、灵活，颇有一些耐看的地方。我们住在佛山街柴火市前后院的时候，四姐仍然处于丑小鸭阶段，但是她和我的关系非常好。她常到我住的前院北屋同我闲聊，互相开点儿玩笑。说心里话，她就是我心想望的理想夫人。但是，阻于她母亲的短见，西湖月老祠的那两句话没有能实现在我们俩身上。现在，隔了十几二十年了，我们又会面了。她知道，我有几个博士学位，便嬉皮笑脸地开起了玩笑，左一声"季大博士"，右一声"季大博士"。听多了，我蓦地感到有一点儿凄凉之感发自她的内心。胡为乎来哉！难道她又想到了二十年前那一段未能成功的姻缘吗？我这个人什么都不迷信，只迷信"缘分"二字，有缘千里来相会，无缘对面不相识。我们俩之间的关系，难道还不是为缘分所左右的吗？奈之何哉！奈之何哉！

我继续考虑要邀请的客人。但是，考虑来，考虑去，总离不开妇女这个圈子。群雄哪里去了呢？群雄是在的。在我的亲戚朋友中，我这个年龄段的小伙子有二十多个。家庭经济情况不同，有的蛮有钱的，但他们的共同情况是不肯念书。有的小学毕业，就算完成了学业；有的上到初中；上高中者屈指可数。到北京来念书，则无异于玄奘的万里求法矣。其中还有极少数人，用小学时代学到的那一点儿文化知识，在社会上胡混。他们有不同的面孔：少爷、姑爷、舅爷、师爷，如此等等。有如面具一般，拿在手里，随时取用。现在要我请这样的人吃饭，我实在脸上有点儿发红，下不了这个决心。我考虑来，考虑去，最后桌子一拍，下了决心。各路英雄，暂时委屈，我现在只请“英雌”了。

我选定济南最著名的大饭店之一——聚丰德，订了几桌上好的翅子席（有鱼翅之谓也）。最后还加了几条新捉到的黄河鲤鱼。我请了二十来位青年妇女，其中小姐姐姊妹当然是心中的主客。宴会极为成功，大家都极为满意。我想，她们中有的人生平第一次吃这样的好饭，也许就是最后一次。我每次想到那种觥筹交错、杯盘齐鸣的情况，就不禁心满意足。

# 一个影子似的孩子

有道是老马识途，又说姜是老的辣。意思无非是说，人老了，见广识多，没有没见过的东西。如今我已年逾古稀，足迹遍三大洲，见到的人无虑上千，上万，甚至上亿。但是我却从来没有见过这样一个影子似的孩子。

什么叫影子似的孩子呢？我来到庐山，在食堂里坐定了以后，正在大嚼之际，蓦抬头，邻桌上已经坐着一个十几岁的西藏男孩，长着两只充满智慧的机灵的大眼睛，满脸秀气，坐在那里吃饭。我根本没有注意到他是什么时候进来的，没有一点声息，没有一点骚动。我正在心里纳闷，然而，一转眼间，邻桌上已经空无一人，没有一点声息，没有一点骚动，来去飘忽，活像一个影子。

最初几天，我们乘车出游，他同父母一样，从来不参加的。我心里奇怪：这样一个十几岁的男孩子，不知道闷在屋里干些什么？他难道就不寂寞吗？一直到了前几天，我们去游览花径、锦绣谷和仙人洞时，谁也没有注意到，车子上忽然多了一个人，他就是那个小男孩。他一句话也不说，没有一点声息，没有一点骚动，沉静地坐在那里，脸上浮现着甜蜜温顺的笑意，仍然像是一个影子。

从花径到仙人洞是有名的锦绣谷，长约一公里，左边崇山峻岭，右边幽谷深涧，岚翠欲滴，下临无地，目光所到之处，浓绿连天，是庐山的最胜处。道狭人多，拥挤不堪，我们这一队人马根本无法走在一起。小男孩同谁也不结伴，一个人踽踽独行。有时候我想找他，但是万头攒动，宛如汹涌的人海，到哪里去找呢？但是，转瞬间，他忽然出现在我们身旁。两只俊秀的大眼睛饱含笑意，一句话也不说，一点声息也没有。可是，又一转瞬，他又不知消失到何方了。瞻之在前，忽然在后，飘忽浮动，让人猜也猜不透。等到我们在仙人洞外上车的时候，他又飘然而至，不声不响，活像是我们自己的影子。又一次，我们游览龙宫洞，小男孩也去了。进了洞以后，光怪陆离，气象万千。我们走在半明半暗的洞穴里，目不暇接。忽然抬头，他就站在我身旁，可是一转眼又不见了。等我们游完了龙宫，乘坐过龙船以后，我想到这小男孩又不知道跑到哪里去了。但是，正要走出洞门，却见他一个人早已坐在石桌旁边，静静地在等候我们，满脸含笑，不声不响，又活像是我们的影子。

我有时候自己心里琢磨：这小男孩心里想些什么呢？前两天，我们正在吃饭的时候，忽然下了一阵庐山式的暴雨，白云就在门窗间飘出飘进，转瞬院子里积满了水，形成了小小的瀑布。

我们的餐厅同寝室是分开来的。在大雨滂沱中，谁也回不了寝室，都站在那里着急，谁也没有注意到，这小男孩已经走出餐厅，回到寝室，抱来了许多把雨伞，还有几件雨衣，一句话也不说，递给别人，两只大眼睛满含笑意，默默无声，像是我们的影子。我心中和眼前豁然开朗：在这个不声不响影子似的孩子的心中，原来竟然蕴藏着这样令人感动的善良与温顺。我不禁对这个平淡无奇的孩子充满了敬意。

我从来不敢倚老卖老，但在下意识中却隐约以见过大世面而自豪。不意在垂暮之年，竟又开了一次眼界，遇到了这样一个以前自己连做梦都不会想到的影子似的孩子。他并没有什么惊人之举，衣饰举动都淳朴得出奇，是一个非常平凡的小男孩。然而，从他身上，我们不是都可以学习到一些十分可贵的东西吗！

一九八六年六月三日

# 室伏佑厚先生一家

这篇文章我几年前就已经动笔写了。但是只起了个头，再也没有写下去，宛如一只断了尾巴的蜻蜓。难道是因为我没有什么可写的吗？难道说我没有什么激情吗？都不是，原因正相反。我要写的东西太多，我的激情也太充沛，以至我踟蹰迟疑，不知如何下笔。现在我由于一个偶然的机会又来到了香港，住在山顶上的一座高楼上，开窗见海，混混茫茫，渺无涯际。我天天早晨起来，总要站在窗前看海。我凝眸远眺，心飞得很远很远，多次飞越大海，飞到东瀛，飞到室伏佑厚一家那里，我再也无法遏止我这写作的欲望了。

我认识室伏佑厚先生一家，完全是一件偶然的事。约在十年前，室伏先生的二女儿法子和他的大女婿三友量顺博士到北大来参观，说是要见我。见就见吧，我们会面了。我的第一个印象是异常好的：两个年轻人都温文尔雅，一举一动，有规有矩。当天晚上，他们就请我到北海仿膳去，室伏佑厚先生在那里大宴宾客。我这是第一次同室伏先生见面，我觉得他敦厚诚悫，精明内含，印象也是异常好的，从此我们就成了朋友。其实我们之间共同的东西并不多，各人的专行也相距千里，岁数也有差距。这样两个人成为朋友，实在不大容易解释。佛家讲究因缘，难道这就是因缘吗？实事求是的解释也并非没有。1959年，日本前首相石桥湛山先生来中国同周恩来总理会面，商谈中日建交的问题。室伏佑厚先生是石桥的私人秘书，他可以说是中日友谊的见证人。也许是在这之前他已经对中国人民就怀有好感，也许是在这之后，我无法也无须去探讨。总之，室伏先生从此就成了中国人民的好朋友。在过去的三十年内，他来中国已经一百多次了。他大概是把我当成中国人民某一方面的一个代表者。他的女婿三友量顺先生是研究梵文的，研究佛典的，这也许是原因之一吧。不管出于什么原因，我们从此就往来起来。1980年，室伏先生第一次邀请我访问日本，在日本所有的费用都由他负担。他同法子和三友亲自驱车到机场去迎接我们。我们下榻新大谷饭店，我在这里第一次会见了日本梵文和佛学权威、蜚声世界学林的东京大学教授中村元博士。他著作等身，光是选集已经出版了二十多巨册。他虽然已是皤然一翁，但实际上还小我一岁。有一次，在箱根我们笔谈时，他在纸上写了四个字“以兄事之”，指的就是我，我们也成了朋友。据说，他除了做学问以外，对其他事情全无兴趣，颇有点书呆子气。他出国旅行，往往倾囊购书，以致经济拮据，但他却乐此不疲。有一次出国，他夫人特别叮嘱，不要乱买书，他满口应允。回国时确实没有带回多少书，他夫人甚为宽慰。然而不久，从邮局寄来的书就联翩而至，弄得夫人哭笑不得。

我们在万丈红尘的东京住了几天以后，室伏先生就同法子和三友亲自陪我们乘新干线特快火车到京都去参观。中村元先生在那里等我们。京都是日本故都，各种各样的寺院特别多，大小据说有一千五百多所。中国古诗：“南朝四百八十寺，多少楼台烟雨中。”一个城中有四百八十寺，数目已经不算小了。但是同日本京都比较起来，仍然是小巫见大巫。我们在京都主要就是参观这些寺院，有名的古寺都到过了。在参观一座古寺时，遇到了一位一百多岁的老和尚。在谈话中，他常提到李鸿章，我一时颇为吃惊。但是仔细一想，这位老人幼年时正是李鸿章活动的时期，他们原来是同时代的人，只是岁数相差有点悬殊而已。我们在这里参加了日本国际佛教讨论会，会见了许多日本著名的佛教学者。还会见了日本佛教一个宗派的门主，一个英姿飒爽的年轻的东京大学的毕业生，给我留下了深刻而亲切的印象。

在参观佛教寺院时，我的第一个想法就是：在日本当和尚实在是一种福气。寺院几乎都非常宽敞洁净，楼殿巍峨，佛像庄严，花木扶疏，曲径通幽，清池如画，芙蕖倒影，幽静绝尘，恍若世外。有时候风动檐铃，悠扬悦耳，仿佛把我们带到了另外一个世界去，西方的极乐世界难道说就是这个样子吗？

中村元先生在大学里是一位谨严的学者，他客观地研究探讨佛教问题。但是一进入寺院，他就变成了一个信徒。他从口袋里掏出念珠，匍匐在大佛像前，肃穆虔诚，宛然另外一个人了。其间有没有矛盾呢？我看不出。看来二者完全可以和谐地结合起来的。人生的需要多矣，有一点宗教需要，也用不着大惊小怪。只要不妨碍他对社会和国家做出贡献，可以听其自然的。

在日本期间，最让我难以忘怀的是箱根之行。箱根是日本，甚至世界的旅游胜地，我也久仰大名了。室伏先生早就说过，要我们到箱根去休养几天。我们从京都回到东京以后，又乘火车到了一个地方，下车换乘缆车，到了芦湖边上，然后乘轮船渡芦湖来到箱根。记得我们到的时候，天已经黑下来了。街灯也不是很亮，在淡黄的灯光中，街上寂静无人。商店已经关上了门，但是陈列商品的玻璃窗子仍然灯火通明。我们看不清周围的树木是什么颜色，但是苍翠欲滴的树木的浓绿，我们却能感觉出来。这浓绿是有层次的，从淡到浓，一直到浓得漆黑一团，扑上我们眉头，压上我们心头。此时，薄雾如白练，伸手就可以抓到。我有一种奇异的感觉，仿佛遨游在阆苑仙宫之中。这一种感觉我从来没有过，从那以后也没有过。至今回忆，当时情景，如在眼前。

旅馆的会客厅里则是另一番景象，灯火辉煌，华筵溢香。室伏先生把他的全家人都邀来了。首先是他的夫人千津子，然后是他的大女儿、三友先生的夫人厚子，最后是他的外孙女，才不过一岁多的朋子。我抱过了这个小女孩，她似乎并不认生，对着我直笑。室伏先生等立刻拍下了这个镜头，说是要我为他的外孙女祝福。这个小孩子的名字来自中国的一句话：我们的朋友遍天下。据说还是周总理预先取下来的。这无疑是中日友好的一桩佳话。到了1986年，室伏先生第二次邀请我访日时，我们又来到了箱根，他又把全家都找了来。此时厚子已经又生了一个小女孩：明子。朋子已经三四岁了，岁数大了，长了知识，见了我反而不像第一次那样坦然了。这也是很自然的事情，人生本来就是这样。我同室伏先生一家两度会面，在同一个地方——令人永远忘不掉的天堂乐园般的箱根。这是不是室伏先生有意安排的，我不知道。但是我个人觉得，这真是再好不过的安排。在这样一个地方，会见一家这样的日本朋友，难道这不算是珠联璧合吗？难道说这不是非常有意义吗？我眼前看到这个祖孙三代亲切和睦的日本家庭，脑子里却不禁又回忆起第一次见面时的情景。我简直想把这两幅情景连接在一起，又觉得它们本来就是在一起的。除了增添了一个小女孩外，人还是那些人，地方还是那个地方，虽然实际上不是一回事，但看上去又确乎像是一回事。我一时间真有点迷离恍惚，然而却满怀喜悦了。这一次在箱根会面，同上次有一点不同之处，就是中村元先生也参加了。这位粹然儒雅又带有一点佛气的日本大学者，平常很少参加这样的集会。这次惠然肯来，对我们来说，实在是一种幸福。我们虽然很少谈论佛教和梵学问题，但是谈的事情却多与此有关。我们有共同的爱好，所以很容易谈得来。他曾对我说，日文中的“箱根”，实际上就是中文的“函谷（关）”，我听了很感兴趣。在箱根这个人间胜境，同这样一位日本学者在一起生活了几天，确实令我永远难忘。这两件事情，第一件是能来到箱根，第二件是能同中村元先生在一起，都出于室伏佑厚先生之赐。因此，只要我想到室伏一家，就会想到中村元先生；只要想到中村元先生，就会想到室伏一家。对我来说，这两者真有点难解难分了。我最近越来越感觉到，佛家说人生如电光石火，中国古人说人生如白驹过隙，这两句话意思一样，确实都非常正确的。我从前很少感觉到老，从来也不服老。然而，一转瞬间，蓦地发现，自己已垂垂老矣。室伏先生也已届还历之年，也算是初入老境了。当我在他这个年纪时，自认为还是中年。他的心情怎么样，我没有问过他。但是，我想，他也会有同样的心情吧。遥望东天，我潜心默祷，祝他长寿超过百岁！

我同几乎所有的人一样，忙忙碌碌了几十年，天天面对实际，然而真正抓得到的实际好像并不多。一切事物几乎都如镜花，似水月，如轻梦，似白云，什么也抓不住。对待人生，我自认为态度是积极的、唯物的。我觉得，人有生、老、病、死，是自然规律，用不着伤春，也用不着悲秋，叹老不必，嗟贫无由。将来有朝一日离开这个世界时，我也决不会饮恨吞声。但是，如果在一切都捉不住的情况下，能捉住哪怕是小小的一点东西，抓住一鳞半爪，我将会得到极大的安慰。同室伏佑厚先生一家的交往，我个人认为，就属于这种极难捉到的东西之一，是异常可贵的。但愿在十年以后，当我即将进入期颐之年，而室伏先生庆祝他的古稀华诞时，我们都还能健壮地活在人间，那时我将会再给他的一家写点什么。

一九八八年七月二十二日

# 两行写在泥土地上的字

夜里有雷阵雨，转瞬即停。“薄云疏雨不成泥”，门外荷塘岸边，绿草坪畔，没有积水，也没有成泥，土地只是湿漉漉的。一切同平常一样，没有什么特异之处。

我早晨出门，想到外面呼吸点新鲜空气。这也同平常一样，并没有什么特异之处。然而，我的眼睛一亮，蓦地瞥见塘边泥土地上有一行用树枝写成的字：

季老好　98级日语

回头在临窗玉兰花前的泥土地上也有一行字：

来访　98级日语

我一时懵然，莫名其妙。还不到一瞬间，我恍然大悟：98级是今年的新生。今天上午，全校召开迎新大会；下午，东方学系召开迎新大会。在两大盛会之前，这一群（我不知道准确数目）从未谋面的十七、十八、十九岁男女大孩子，先到我家来，带给我无法用言语形容的这一份深情厚谊。但他们恐怕是怕打扰我，便想出了这一个惊人的匪夷所思的办法，用树枝把他们的深情写在了泥土上。他们估计我会看到的，便悄然离开了我的家门。

我果然看到了他们留下的字。我现在已经望九之年，我走过的桥比这一帮大孩子走过的路还要长，我吃过的盐比他们吃过的面还要多，自谓已经达到了“悲欢离合总无情”的境界。然而，今天，我一看到这两行写在泥土地上的字，我却真正动了感情，眼泪一下子涌出了眼眶，双双落到了泥土地上。

我是一个平凡的人，生平靠自己那一点勤奋，做出了一点微不足道的成绩，对此我并没有多大信心。独独对于青年，我却有自己的一套看法。我认为，我们中年人或老年人，不应当一过了青年阶段，就忘记了自己当年穿开裆裤的样子，好像自己一下生就老成持重，对青年总是横挑鼻子竖挑眼。我们应当努力理解青年，同情青年，帮助青年，爱护青年。不能要求他们总是四平八稳，总是温良恭俭让。我相信，中国青年都是爱国的，爱真理的。即使有什么“逾矩”的地方，也只能耐心加以劝说，惩罚是万不得已而为之的。一个国家，一个民族，如果对自己的青年失掉了信心，那它就失掉了希望，失掉了前途。我常常这样想，也努力这样做。在风和日丽时是这样，在阴霾蔽天时也是这样。这要不要冒一点风险呢？要的。但我人微言轻，人小力薄，除了手中的一支圆珠笔以外，就只有嘴里那三寸不烂之舌，除了这样做以外，也没有别的办法。

大概就由于这些情况，再加上我的一些所谓文章时常出现在报刊上，有的甚至被选入中学教科书，于是普天下青年男女颇有知道我的姓名的。青年们容易轻信，他们认为报刊上所说的都是真实的，就轻易对我产生了一种好感、一种情意。我现在几乎每天都能收到全国各地，甚至穷乡僻壤、边远地区青年们的来信，大中小学生都有。他们大概认为我无所不能、无所不通，而又颇为值得信赖，向我提出各种各样的问题，有的简直石破天惊；有的向我倾诉衷情。我想，有的事情他们对自己的父母也未必肯讲的，比如想轻生自杀之类。他们却肯对我讲。我读到这些书信，感动不已。我已经到了风烛残年，对人生看得透而又透，只等造化小儿给我的生命画上句号。然而这些素昧平生的男女大孩子的信，却给我重新注入了生命的活力。苏东坡的词说："谁道人生无再少？门前流水尚能西。休将白发唱黄鸡。"我确实有"再少"之感了。这一切我都要感谢这些男女大孩子。

东方学系98级日语专业的新生一定就属于我在这里说的男女大孩子们。他（她）所在五湖四海的什么中学里，读过我写的什么文章，听到过关于我的一些传闻，脑海里留下了我的影子。所以，一进燕园，赶在开学之前，就迫不及待地把自己那一份情意，用他们自己发明出来的也许从来还没有被别人使用过的方式，送到了我的家门来，惊出了我的两行老泪。我连他们的身影都没有看到，我看到的只是清塘里面的荷叶。此时虽已是初秋，却依然绿叶擎天，水影映日，满塘一片浓绿。回头看到窗前那一棵玉兰，也是翠叶满枝，一片浓绿。绿是生命的颜色，绿是青春的颜色，绿是希望的颜色，绿是活力的颜色。这一群男女大孩子正处在平常人们所说的绿色年华中，荷叶和玉兰所象征的正是他们。我想，他们一定已经看到了绿色的荷叶和绿色的玉兰。他们的影子一定已经倒映在荷塘的清水中。虽然是转瞬即逝，连他们自己也未必注意到，可他们与这一片浓绿真可以说是相得益彰，溢满了活力，充满了希望，将来左右这个世界的，决定人类前途的正是这一群年轻的男女大孩子。他们真正让我“再少”，他们在这方面的力量绝不亚于我在上面提到的那些全国各地青年的来信。我虔心默祷——虽然我并不相信——造物主能从我眼前的八十七岁中抹掉七十年，把我变成一个十七岁的少年，使我同他们一起学习，一起娱乐，共同分享普天下的凉热。

一九九八年九月二十五日

# 北京忆旧

我不是北京人，但是先后在北京住了四十六年之久，算得上一个老北京了。讲到回忆北京旧事，我自觉是颇有一些资格的。

可是，回忆并不总是愉快的。俗话说：“一部二十四史，不知从何处说起。”我遇到的也是这个困难，不是无可回忆，而是要回忆的东西实在太多了。一想到四十六年的北京生活，脑海里就像开了幻灯片，一幕一幕，倏忽而过。论建筑则有楼台殿阁、佛寺尼庵、阳关大道、独木小桥，无穷无尽的影像。论人物则有男女老幼、国内国外、黑眼黑发、碧眼黄发，无穷无尽的面影。再加上自然风光，春花秋月、夏雨冬雪、延庆密林、西山红叶，混搅成一团，简直像是七宝楼台、海市蜃楼，五光十色、迷离模糊。到了此时，我自己几乎不知置身何地了。

现在先从小事回忆起吧。

我想回忆一下中关村电子一条街。

在我居京的四十六年中，有四十年我住在清华园和燕园，都同今天的电子一条街是近邻。自从我国政府决定在海淀区成立一种经济特区以来，电子一条街就名扬四海。今天，在这里，几乎日夜车水马龙，熙熙攘攘，街两旁店铺鳞次栉比，如雨后春笋，经营的几乎都是先进技术。敏感之士已经感到，将来仅有的几家不是经营先进技术的铺子，比如说饭馆、服装店之类，将会逐渐被挤走，而代之以有能力付特高租金的店铺，将来在海淀区吃饭穿衣都要遇到困难了。我佩服这些人的先见之明。我这个人虽然也还算敏感，但还没有达到这样高的水平，我还没有这样的杞忧。我只是有时候回忆起几十年前的这个地方，心中憬然若有所悟。可惜今天有我这种感觉的人恐怕很少很少了。今天的青年，甚至中年，看到的只是眼前的繁华景象，他们想的是跃跃欲试，逐鹿于电子战场，成为胜利者，手挥微机，头戴桂冠。至于此地过去如何，确定与他们无关，何必去伤这一份脑筋呢？

我生也早，现在已近耄耋之年。早生有早生的好处，但也有早生的包袱。我现在背的就是这样的包袱。我看电子一条街，同中青年们不完全一样。我既看到现在热闹的一面，又看到过去与热闹截然相反的一面。有时候这两面在我眼前重叠起来，我很自然地就起流光如驶之感，不禁大为慨叹。这种慨叹有什么用处吗？我说不出，看来恐怕不会有多大用处。明知没有多大用处，又何苦去回忆呢？我是身不由己，无能为力。既然生早了，亲眼看到这个地方原先的情况，就无法抑制自己不去回忆。这就是我现在的包袱。

将近六十年前，当我住在清华园读书的时候，晚饭之后，有时候偕一两好友漫步出校南门，边走边谈，忘路之远近，间或走得颇远。留给我印象最深的是在深秋时分，我们往往走到一处人迹罕至的地方，衰草荒烟，景象萧森，举目四望，不见人家。但见野坟数堆，暮鸦几点，上下相映，益增荒寒，回望西天，残阳如血，余晖闪熠在枯草叶上。此时我感到鬼气森森，赶快收住脚步，转身回到清华园，仿佛又回到了人间。

计算地望，我当年到的那个地方，应该就是今天的中关村、电子一条街一带。这一点我认为是可以肯定的。我离开清华以后，再也没有到这里来过。1946年回到北京，也没有来过。1952年从城里搬到燕园，时过境迁，我对这个地方，早已忘得干干净净了。我在蓝旗营一公寓住了十年。初来时，门前的马路还没有。现在电子一条街修马路更在以后。这里修马路时，我当时的想法是，修这样宽的马路干吗呀？到了今天，马路扩展了一倍，仍然时有堵塞。仅仅三十几年，这里的变化竟如此巨大，我们的脑筋跟上时代的步伐竟如此困难。古人说沧海桑田，确有其事；论到速度，又是今非昔比了。

我从前读杨衒之《洛阳伽蓝记》、唐段成式《寺塔记》、刘肃《大唐新语》等书籍，常做遐想。书中描绘洛阳、长安等城市升沉衍变的情况，作者一腔思古之幽情，流露于楮墨之间，读来异常亲切感人。我原以为这是古人的事，于今渺矣茫矣。但是，现在看来，我自己亲身经历的类似电子一条街这样的变迁，岂非同古人一模一样吗？唯一的区别只在于，我只经历了六七十年，而古人经历的比较长而已。六七十年在人类历史上不能算太长，但也不能说太短，中国历史上有一些朝代也不过如此。我个人的经历应该算得上一部短短的历史了。

人是非常容易怀旧的，怀旧往往能带来某一种愉快。但是，到了我这样的年龄，我看到的经历过的已经太多太多了，“悲欢离合总无情”，有时候我连怀旧都有点懒怠了。今天写这一篇短文，一非想怀旧，二非想思古。不过偶尔想到，觉得别人未必知道，所以就写了下来。这绝不会影响电子一条街的人士发财致富，也不会帮助他们财运亨通。当他们饱饮可口可乐之余，对他们来说，这样琐细的回忆足资谈助而已。

一九八八年六月十一日

# 年

年，像淡烟，又像远山的晴岚。我们握不着，也看不到。当它走来的时候，只在我们的心头轻轻地一拂，我们就知道：年来了。但是究竟什么是年呢？却没有人能说得清了。

当我们沿着一条大路走着的时候，遥望前路茫茫，花样似乎很多。但是，及至走上前去，身临切近，却正如向水里扑自己的影子，捉到的只有空虚。更遥望前路，仍然渺茫得很。这时，我们往往要回头看看的。其实，回头看，随时都可以。但是我们却不。最常引起我们回头看的，是当我们走到一个路上的界石的时候。说界石，实在没有什么石。只不过在我们心上有那么一点痕迹。痕迹自然很虚飘，所以不易说。但倘若不管易说不易说，说了出来的话，就是年。

说出来了，这年，仍然很虚飘。也许因为这一说，变得更虚飘。但这是没有办法的事了。我前面不是说我们要回头看吗？就先说我们回头看到的吧。——我们究竟看到些什么呢？灰蒙蒙的一片，仿佛白云，又仿佛轻雾，朦胧成一团。里面浮动着种种的面影，各样的彩色。这似乎真有花样了。但仔细看来，却又不然，仍然是平板单调。就譬如从最近的界石看回去吧。先看到白皑皑的雪凝结在丫杈着刺着灰的天空的树枝上。再往前，又看到澄碧的长天下流泛着的萧瑟冷寂的黄雾。再往前，苍郁欲滴的浓碧铺在雨后的林里，铺在山头。烈阳闪着金光。更往前，到处闪动着火焰般的花的红影。中间点缀着亮的白天、暗的黑夜。在白天里，我们拚命填满了肚皮。在黑夜里，我们挺在床上咧开大嘴打呼。就这样，白天接着黑夜，黑夜接着白天；一明一暗地滚下去，像玉盘上的珍珠……

于是越过一个界石。看上去，仍然看到白皑皑的雪，看到萧瑟冷寂的黄雾，看到苍郁欲滴的浓碧，看到火焰般的红影。仍然是连续的亮的白天、暗的黑夜——于是又越过了一个界石。于是又一个界石，一个界石，界石接着界石，没有完。亮的白天，暗的黑夜交织着。白雪，黄雾，浓碧，红影，混成一团。影子却渐渐地淡了下来。我们的记忆也被掩到辽远又辽远的雾蒙蒙的暗陬里去了。我们再看到什么呢？更茫茫。然而，不新奇。

不新奇吗？却终究又有些新的花样了。仿佛是跨过第一个界石的时候——实在还早，仿佛是才踏上了世界的时候，我们眼前便障上了幕。我们看不清眼前的东西，只是摸索着走上去。随了白天的消失，暗夜的消失，这幕渐渐地一点一点地撤下去。但我们不觉得。我们觉得的时候，往往是在踏上了一个界石回头看的一刹那。一觉得，我们又慌了：“会有这样的事情发生到我身上吗？”其实，当这事情正在发生的时候，我们还热烈地参加着，或表演着。现在一觉得，便大惊小怪起来。我们又肯定地信，不会有这样的事情发生到我们身上的。我们想：自己以前仿佛没曾打算有这样的事情发生。实在，打算又有什么用呢？事情早已给我们安排在幕后。只是幕不撤，我们看不到而已，而且又真没曾打算过。以后我们又证明给自己：的确发生过这样的事情了，于是，因了这惊，这怪，我们也似乎变得比以前更聪明些。“以后我要这样了”，我们想。真的，以后我们要这样了。然而，又走到一个界石，回头一看，我们又惊疑：“怎么又会有这样的事情发生到我身上呢？”是的，真有过。“以后我要这样了”，我们又想。——虽然一点一点地撤开，我们眼前仍然是幕。于是，一个界石，一个界石，就在这随时发现的新奇中过下去，一直到现在，我们眼前仍然是幕。这幕什么时候才撤净呢？我们苦恼着。

但也因而得到安慰了。一切事情，虽然都已经安排在幕后，有时我们也会蓦地想到几件。其中也不缺少一想到就使我们流汗战栗喘息的事情。我们知道它们一定会发生，只是不知道什么时候而已。但现在回头看来，许多这样的事情，只在这幕的微启之下，便悠然地露了出来，我们也不知怎样竟闯了过来。回顾当时的流汗、战栗、喘息，早成残像，只在我们心的深处留下一点痕迹，不禁微笑浮上心头了。回首绵绵无尽的灰雾中，竟还有自己踏过的微白的足迹在，蜿蜒一条长长的路，一直通到现在的脚跟下。再一想踏这条路时的心情，看这眼前的幕一点一点撤开时的或惊、或惧、或喜的心情，微笑更要浮上嘴角了。

这样，这条微白的长长的路就一直蜿蜒到脚跟。现在脚下踏着的又是一块新的界石了。不容我们迟疑，这条路又把我们引上前去。我们不能停下来，也不愿意停下来的。倘若抬头向前看的时候——又是一条微白的长长的路，伸展开去。又是一片灰蒙蒙的雾，这路就蜿蜒到雾里去。到哪里止呢？谁知道，我们只是走上前去。过去的，混沌迷茫，不知其所以然了。未来的，混沌迷茫，更不知其所以然了。但是我们时时刻刻都在向前走着。时时刻刻，这条蜿蜒的长长的路向后缩了回去，又时时刻刻地向前伸了出去，摆在我们面前。仍然再缩了回去，离我们渐远，渐远，窄了，更窄了，埋在茫茫的雾里。刚才看见的东西，一转眼，便随了这条路缩了回去，渐渐地不清楚，成云，成烟，埋在记忆里，又在记忆里消失了。只有在我们眼前的这一点短短的时间——一分钟，不，还短；一秒钟，不，还短；短到说不出来，就算有那么一点时间吧。我们眼前有点亮：一抬眼，便可以看到桌子上摆着的花的曼长的枝条在风里袅动，看到架上排着的书，看到玻璃杯在静默里反射着清光，看到窗外枯树寒鸦的淡影，看到电灯罩的丝穗在轻微地散布着波纹，看到眼前的一切，都发亮。然而一转眼，这一切又缩了回去，渐渐地不清楚，成云，成烟，埋在记忆里，也在记忆里消失吧。等到第二次抬眼的时候，看到的一切已经同前次看到的不同了。我说，我们就只有那样短短的时间的一点亮。这条蜿蜒的长长的路伸展出去，这一点亮也跟着走。一直到我们不愿意，或者不能走了，我们眼前仍然只有那一点亮，带大糊涂走开。

当我们还在沿着这条路走的时候，虽然眼前只有那样一点亮，我们也只好跟着它走上去了。脚踏上一块新的界石的时候，固然常常引起我们回头去看。但是，我们仍要时时提醒自己：前面仍然有路。我前面不是说，我们又看到一条微白的长长的路引到雾里去吗？渺茫，自然；但不必气馁。譬如游山，走过了一段路之后，乘喘息未定的时候，回望来路，白云四合，当然很有意思的。倘再翘首前路，更有青霭流泛，不也增加游兴不少吗？而且，正因为渺茫，却更有味。当我翘首前望的时候，只看到雾海，茫茫一片，不辨山水云树。我们可以任意把想象加到上面。我们可以自己涂上粉红色、彩红色；任意制成各种的梦，各种的幻影，各种的蜃楼。制成以后，随便按上，无不适合。较之回头看时，只见残迹，只见过去的面影，趣味自然不同。这时，我们大概也要充满欣慰与生力，怡然走上前去。倘若了如指掌，毫发都现，一眼便看到自己的坟墓，无所用其涂色，更无所用其蜃楼，只懒懒地抬起了沉重的腿脚，无可奈何地踱上去，不也大煞风景，生趣全丢吗？

然而，话又要说回来。——虽然我们可以把未来涂上彩色，制成梦、幻影和蜃楼；一想到，蜿蜒到灰雾里去的长长的路，仍然不过是长长的路，同从雾里蜿蜒出来的并不会有多大的差别，我们不禁又惘然了。我们知道，虽然说不定也有点变化，仍然要看到同样的那一套。真的，我们也只有看到同样的那一套。微微有点不同的，就是次序倒了过来。——我们将先看到到处闪动着的花的红影；以后，再看到苍郁欲滴的浓碧；以后，又看到萧瑟冷寂的黄雾；以后，再看到白皑皑的雪凝在丫杈着刺着灰的天空的树枝上。中间点缀着的仍然是亮的白天，暗的黑夜。在白天里，我们填满了肚皮。在夜里，我们咧开大嘴打呼。照样地，白天接着黑夜，黑夜接着白天。于是到了一个界石，我们眼前仍然只有那短短的时间的一点亮。脚踏上这个界石的时候，说不定还要回过头来看到现在。现在早笼在灰雾里，埋在记忆里了。我们的心情大概不会同踏在现在的这块界石上回望以前有什么差别吧。看了微白的足迹从现在的脚下通到那时的脚下，微笑浮上心头呢？浮上嘴角呢？惘然呢？漠然呢？看了眼前的幕一点一点地撤去，惊呢？惧呢？喜呢？那就都不得而知了。

于是，通过了一块界石，又看上去，仍然是红影、浓碧、黄雾、白雪。亮的白天，暗的黑夜，一个推一个，滚成一团，滚上去，像玉盘上的珍珠。终于我们看到些什么呢？灰蒙蒙，然而不新奇，但又使我们战栗了。——在这微白的长长的路的终点，在雾的深处，谁也说不清是什么地方，有一个充满了威吓的黑洞，在向我们狞笑，那就是我们的归宿。障在我们眼前的幕，到底也不会撤去。我们眼前仍然只有当前一刹那的亮，带了一个大混沌，走进这个黑洞去。

走进这个黑洞去，其实也倒不坏，因为我们可以得到静息。

但又不这样简单。中间经过几多花样，经过多长的路才能达到呢？谁知道。当我们还没有达到以前，脚下又正在踏着一块界石的时候，我们命定的只能向前看，或向后看。向后看，灰蒙蒙，不新奇了；向前看，灰蒙蒙，更不新奇了。然而，我们可以做梦。再要问：我们要做什么样的梦呢？谁知道。——一切都交给命运去安排吧。

一九三四年一月二十四日

# 叁……

## 生机不灭，希望不灭

就是在那种极其困难的环境中，人生乐趣仍然是有的。
在任何情况下，人生也绝不会只有痛苦，
这就是我悟出的禅机。

# 报考大学

我少无大志，从来没有想到做什么学者。中国古代许多英雄，根据正史的记载，都颇有一些豪言壮语，什么“大丈夫当如是也！”，什么“彼可取而代也！”，又是什么“燕雀安知鸿鹄之志哉！”，真正掷地做金石声，令我十分敬佩，可我自己不是那种人。

在我读中学的时候，像我这种从刚能吃饱饭的家庭出身的人，唯一的目的和希望就是——用当时流行的口头语来说——能抢到一只“饭碗”。当时社会上只有三个地方能生产“铁饭碗”：一个是邮政局，一个是铁路局，一个是盐务稽核所。这三处地方都掌握在不同国家的帝国主义分子手中。在那半殖民地社会里，“老外”是上帝。不管社会多么动荡不安，不管“城头”多么“变幻大王旗”，“老外”是谁也不敢碰的。他们生产的“饭碗”是“铁”的，砸不破，摔不碎。只要一碗在手，好好干活，不违“洋”命，则终生会有饭吃，无忧无虑，成为羲皇上人。

我的家庭也希望我在高中毕业后能抢到这样一只“铁饭碗”。我不敢有违严命，高中毕业后曾报考邮政局。若考取后，可以当一名邮务生。如果勤勤恳恳，不出娄子，干上十年二十年，也可能熬到一个邮务佐，算是邮局里的一个芝麻绿豆大的小官了；就这样混上一辈子，平平安安，无风无浪。幸乎？不幸乎？我没有考上。大概面试的“老外”看我不像那样一块料，于是我名落孙山了。

在这样的情况下，我才报考了大学。北大和清华都录取了我。我同当时众多的青年一样，也想出国去学习，目的只在“镀金”，并不是想当什么学者。“镀金”之后，容易抢到一只饭碗，如此而已。在出国方面，我以为清华条件优于北大，所以舍后者而取前者。后来证明，我这一宝算是押中了。这是后事，暂且不提。

清华是当时两大名牌大学之一，前身叫留美预备学堂，是专门培养青年到美国去学习的。留美若干年镀过了金以后，回国后多为大学教授，有的还做了大官。在这些人里面究竟出了多少真正的学者，没有人做过统计，我不敢瞎说。同时并存的清华国学研究院，是一所很奇特的机构，仿佛是西装革履中的一袭长袍马褂，非常不协调。然而在这个不起眼的机构里却有名闻宇内的四大导师：梁启超、王国维、陈寅恪、赵元任。另外有一名年轻的讲师李济，后来也成了大师，担任了台湾“中央研究院”的院长。这个国学研究院，与其说它是一所现代化的学堂，毋宁说它是一所旧日的书院。一切现代化学校必不可少的烦琐的规章制度，在这里似乎都没有。师生直接联系，师了解生，生了解师，真正做到了循循善诱、因材施教。虽然只办了几年，梁、王两位大师一去世，立即解体，然而所创造的业绩却是非同小可。我不确切知道究竟毕业了多少人，估计只有几十个人，但几乎全都成了教授，其中有若干位还成了学术界的著名人物。听史学界的朋友说，中国20世纪30年代后形成了一个学术派别，名叫“吾师派”，大概是由某些人写文章常说的“吾师梁任公”“吾师王静安”“吾师陈寅恪”等衍变而来的。从这一件小事也可以看到清华国学研究院在学术界影响之大。

吾生也晚，没有能亲逢国学研究院的全盛时期。我于1930年入清华时，留美预备学堂和国学研究院都已不再存在，清华改成了国立清华大学。清华有一个特点：新生投考时用不着填上报考的系名，录取后，再由学生自己决定入哪一个系；读上一阵，觉得不恰当，还可以转系。转系在其他一些大学中极为困难——比如说现在的北京大学，但在当时的清华，却真易如反掌。可是根据我的经验：世上万事万物都具有双重性。没有入系的选择自由，很不舒服；现在有了入系的选择自由，反而更不舒服。为了这个问题，我还真伤了点脑筋。系科盈目，左右掂量，好像都有点吸引力，究竟选择哪一个系呢？我一时好像变成了莎翁剧中的Hamlet碰到了To be or not to be——That is the question。我是从文科高中毕业的，按理说，文科的系对自己更适宜。然而我却忽然一度异想天开，想入数学系，真是“可笑不自量”。经过长时间的考虑，我决定入西洋文学系（后改名外国语文系）。这一件事也证明我“少无大志”，我并没有明确的志向，想当哪一门学科的专家。

当时的清华大学的西洋文学系，在全国各大学中是响当当的名牌。原因据说是出于外国教授多，讲课当然都用英文，连中国教授讲课有时也用英文。用英文讲课，这可真不得了呀！只是这一条就能够振聋发聩，于是就名满天下了。我当时未始不在被振发之列，又同我那虚无缥缈的出国梦联系起来，我就当机立断，选了西洋文学系。

从1930年到现在，六十七个年头已经过去了。所有的当年的老师都已经去世了。最后去世的一位是后来转到北大来的美国的温德先生，去世时已经活过了一百岁。我现在想根据我在清华学习四年的印象，对西洋文学系做一点评价，谈一谈我个人的一点看法。我想先从古希腊找一张护身符贴到自己身上：“吾爱吾师，吾尤爱真理。”有了这一张护身符，我就可以心安理得，能够畅所欲言了。

# 藏书与读书

有一个平凡的真理，直到耄耋之年我才顿悟：中国是世界上最喜藏书和读书的国家。

什么叫书？我没有能力，也不愿意去下定义。我们姑且从孔老夫子谈起吧。他老人家读《易》，至于韦编三绝，可见用力之勤。当时还没有纸，文章是用漆写在竹简上面的，竹简用皮条拴起来，就成了书。翻起来很不方便，读起来也有困难。我国古时有一句话，叫作“学富五车”，说一个人肚子里有五车书，可见学问之大。这指的是用纸做成的书，如果是竹简，则五车也装不了多少部书。

后来发明了纸，这一来写书方便多了。但是还没有发明印刷术，藏书和读书都要用手抄，这当然也不容易。如果一个人抄的话，一辈子也抄不了多少书。可是这丝毫也阻挡不住藏书和读书者的热情。我们古籍中不知有多少藏书和读书的故事，也可以叫作佳话。我们浩如烟海的古籍，以及古籍中所寄托的文化之所以能够留传下来，历千年而不衰，我们不能不感谢这些爱藏书和读书的先民。

后来我们又发明了印刷术。有了纸，又能印刷，书籍留传方便多了。从这时起，古籍中关于藏书和读书的佳话，更多了起来。宋版、元版、明版的书籍被视为珍品。历代都有一些藏书家，什么绛云楼、天一阁、铁琴铜剑楼、海源阁，等等，说也说不完。有的已经消失，有的至今仍在，为我们新社会的建设服务。我们不能不感激这些藏书的祖先。

至于专门读书的人，历代记载更多。也还有一些关于读书的佳话，什么“囊萤映雪”之类。有人做过试验，无论萤和雪都不能亮到让人能读书的程度，然而在这一则佳话中所蕴含的鼓励人们读书的热情则是大家都能感觉到的。还有一些鼓励人读书的话和描绘读书乐趣的诗句。“书中自有颜如玉”之类的话，是大家都熟悉的，说这种话的人的“活思想”是非常不高明的，不会得到大多数人的赞赏。至于“四时读书乐”一类的诗，也是为大家所熟悉的。可惜我童而习之，至今老朽昏聩，只记住了一句“绿满窗前草不除”，这样的读书情趣也是颇能令人向往的。此外，如“红袖添香夜读书”之类的读书情趣，代表另一种趣味。据鲁迅先生说，连大学问家刘半农也向往，可见确有动人之处了。“雪夜闭门读禁书”代表的情趣又自不同，又是“雪夜”，又是“闭门”，又是“禁书”，不是也颇有人向往吗？这样藏书和读书的风气，其他国家不能说一点没有。但是据浅见所及，实在是远远不能同我国相比。因此我才悟出了“中国是世界上最爱藏书和读书的国家”这一条简明而意义深远的真理。中国古代光辉灿烂的文化有极大一部分是通过书籍留传下来的。到了今天，我们全体炎黄子孙如何对待这个问题，实际上是每个人都回避不掉的。我们必须认真继承这个在世界上比较突出的优秀传统，要读书，读好书。只有这样，我们才能上无愧于先民，下造福于子孙万代。

一九九一年七月五日

# 抓住一个问题终生不放

根据我个人的观察，一个学人往往集中一段时间，钻研一个问题，搜集极勤，写作极苦。但是，文章一旦写成，就把注意力转向另外一个题目，已经写成和发表的文章就不再注意，甚至逐渐遗忘。我自己这个毛病比较少。我往往抓住一个题目，得出了结论，写成了文章，但我并不把它置于脑后，而是念念不忘。我举几个例子。

我于1947年写过一篇论文《浮屠与佛》，用汉文和英文发表。但是限于当时的条件，其中包括外国研究水平和资料，文中有几个问题勉强得到解决，自己并不满意，耿耿于怀者四十余年。一直到1989年，我得到了新材料，又写了一篇《再谈“浮屠”与“佛”》，解决了那个悬而未决的问题，心中极喜。最令我欣慰的是，原来看似极大胆的假设竟然得到了证实，心中颇沾沾自喜，对自己的研究更增强了信心，觉得自己的“假设”确够“大胆”，而“求证”则极为“小心”。

第二个例子是关于佛典梵语中 - am>o和u的几篇文章。

1944年我在德国哥廷根写过一篇论文，谈这个问题，引起了国际上一些学者的注意。有人，比如美国的P. Edgerton，在他的巨著《混合梵文文法》中多次提到这个音变现象。最初坚决反对，提出了许多假说，但又前后矛盾，不能自圆其说，最后，半推半就，被迫承认，却又不干净利落，窘态可掬。因此引起了我对此人的鄙视。回国以后，我连续写了几篇文章，对Edgerton加以反驳。但在我这方面，我始终没有忘记进一步寻找证据，进一步探索。这些情况我在上面的叙述中都已经谈到过。由于资料缺乏，一直到了1990年，上距1944年已经过了四十六年，我才又写了一篇比较重要的论文《新疆古代民族语言中语尾 - am>u的现象》。在这里，我用大量的新资料证明了我第一篇论文的结论完全正确，无懈可击。

例子还能举出一些来，但是，我觉得这两个也就够了。我之所以不厌其烦地谈论这个问题，是因为我看到有一些学者在某一个时期集中精力研究一个问题，成果一出，立即罢手。我不认为这是正确的做法。学术问题有时候一时难以下结论，必须锲而不舍，终生以之，才可能得到越来越精确可靠的结论。有时候，甚至全世界都承认其为真理的学说，时过境迁，还有人提出异议。听说，国外已有学者对达尔文的“进化论”提出了不同的看法。我认为，这不是坏事，而是好事，真理的长河是永远流逝不停的。

# 十年回顾

自己觉得德国十年的学术回忆好像是写完了。但是，仔细一想，又好像是没有写完，还缺少一个总结回顾，所以又加上了这一段。把它当作回忆的一部分，或者让它独立于回忆之外，都是可以的。

在我一生六十多年的学术研究过程中，德国十年是至关重要的关键性的十年。我在上面已经提到过，如果我的学术研究有一个发轫期的话，真正的发轫不是在清华大学，而是在德国哥廷根大学。

但是，这个十年并不是一个简单的十年，有它辉煌成功的一面，也有它阴暗悲惨的一面。所有这一切都比较详细地写在我的《留德十年》一书中，读者如有兴趣，可参阅。我在上面写的我在哥廷根十年的学术活动，主要以学术论文为经，写出了我的经验与教训。我现在想以读书为纲，写我读书的情况。我辈知识分子一辈子与书为伍，不是写书，就是读书，二者是并行的，而且是非并行不可的。

我已经活过了八个多十年，已经到了望九之年。但是，在读书条件和读书环境方面，哪一个十年也不能同哥廷根的十年相比。在生活方面，我是一个最枯燥乏味的人，所有的玩的东西，我几乎全不会，也几乎全无兴趣。我平生最羡慕两种人：一个是画家，一个是音乐家。而这两种艺术是最需天才的，没有天赋而勉强对付，绝无成就。可是造化小儿偏偏跟我开玩笑，只赋予我这方面的兴趣，而不赋予我那方面的天才。《汉书·董仲舒传》说："古人有言曰：'临渊羡鱼，不如退而结网。'"我极想"退而结网"，可惜找不到结网用的绳子，一生只能做一个羡鱼者。我自己对我这种个性也并不满意。我常常把自己比作一盆花，只有枝干而没有绿叶，更谈不到有什么花。

在哥廷根的十年，我这种怪脾气发挥得淋漓尽致。哥廷根是一个小城，除了一个剧院和几个电影院以外，任何消遣的地方都没有。我又是一介穷书生，没有钱，其实也是没有时间冬夏两季到高山和海滨去旅游。我所有的仅仅是时间和书籍。学校从来不开什么会，有一些学生会偶尔举行晚会跳舞。我去了以后，也只能枯坐一旁，呆若木鸡。这里中国学生也极少，有一段时间，全城只有我一个中国人。这种孤独寂静的环境，正好给了我空前绝后的读书的机会。我在国内不是没有读过书，但是，从广度和深度两方面来看，什么时候也比不上在哥廷根。

我读书有两个地方，分两大种类，一个是有关梵文、巴利文和吐火罗文等的书籍，一个是汉文的书籍。我很少在家里读书，因为我没有钱买专业图书，家里这方面的书非常少。在家里，我只在晚上临睡前读一些德文的小说，Thomas Mann的名著*Buddenbrooks*[①]就是这样读完的。我早晨起床后在家里吃早点，早点极简单，只有两片面包、一点黄油和香肠。到了后来，第二次世界大战爆发后，首先在餐桌上消失的是香肠，后来是黄油，最后只剩一片有鱼腥味的面包了。最初还有茶可喝，后来只能喝白开水了。早点后，我一般是到梵文研究所去，在那里一待就是一天，午饭在学生食堂或者饭馆里吃，吃完就回研究所。整整十年，不懂什么叫午睡，德国人也没有午睡的习惯。

我读梵文、巴利文、吐火罗文的书籍，一般都是在梵文研究所里。因此，我想先把梵文研究所图书收藏的情况介绍一下。哥廷根大学的各个研究所都有自己的图书室。梵文图书室起源于何时、何人，我当时就没有细问。可能是源于Franz Kielhorn，他是哥廷根大学的第一个梵文教授。他在印度长年累月搜集到的一些极其珍贵的碑铭的拓片，都收藏在研究所对面的大学图书馆里。他的继任人Hermann Oldenberg在他逝世后把大部分藏书都卖给了或者赠给了梵文研究所。其中最珍贵的还不是已经出版的书籍，而是零篇的论文。当时Oldenberg是国际上赫赫有名的梵学大师，同全世界各国的同行互通声气，对全世界梵文研究的情况了如指掌。广通声气的做法不外一是互相邀请讲学，二是互赠专著和单

---

① 托马斯·曼所著长篇小说《布登勃洛克一家》。

篇论文。专著易得，而单篇论文，由于国别太多，杂志太多，搜集颇为困难。只有像Oldenberg这样的大学者才有可能搜集比较完备。Oldenberg把这些单篇论文都装订成册，看样子是按收到时间的先后顺序装订起来的，并没有分类。皇皇几十巨册，整整齐齐地排列在书架上。我认为，这些零篇论文是梵文研究所的镇所之宝。除了这些宝贝以外，其他梵文、巴利文一般常用的书都应有尽有。其中也不乏名贵的版本，比如Max Müller校订出版的印度最古的典籍《梨俱吠陀》原刊本，Whitney校订的《阿闼婆吠陀》原刊本。Boehtlingk和Roth的被视为词典典范的《圣彼得堡梵文大词典》原本和缩短本，也都是难得的书籍。至于其他字典和工具书，无不应有尽有。

我每天几乎是一个人坐拥书城，“躲进小楼成一统”，我就是这些宝典的伙伴和主人，它们任我支配，其威风虽南面王不易也。整个Gauss-Weber-Haus平常总是非常寂静，里面的人不多，而德国人又不习惯于大声说话，干什么事都只静悄悄的。门外介于研究所与大学图书馆之间的马路，是通往车站的交通要道，但是哥廷根城还不见汽车，于是本应该喧闹的马路，也如“结庐在人境，而无车马喧”，这真是一个读书的最理想的地方。

除了星期天和假日外，我每天都到这里来。主要工作是同三大厚册的*Mahāvastu*（《大事》）拼命。一旦感到疲倦，就站起来，走到摆满了书的书架旁，信手抽出一本书来，或浏览，或仔细阅读。积时既久，我对当时世界上梵文、巴利文和佛教研究的情况，心中大体上有一个轮廓。世界各国的有关著作，这里基本上都有。而且德国还有一种特殊的购书制度，除了大学图书馆有充足的购书经费之外，每一个研究所都有自己独立的购书经费，教授可以任意购买他认为有用的书，不管大学图书馆是否有复本。当Waldschmidt被征从军时，这个买书的权利就转到了我的手中。我愿意买什么书，就买什么书。书买回来以后，编目也不一定很科学，把性质相同或相类的书编排在一起就行了。借书是绝对自由的，有一个借书簿，自己写上借出书的书名、借出日期；归还时，写上一个归还日期就行了。从来没有人来管，可是也从来没有丢过书，不管是多么珍贵的版本。除了书籍以外，世界各国有关印度学和东方学的杂志，这里也应有尽有。总之，这是一个很不错的专业图书室。

我就是在这样的情况下畅游于书海之中。我读书粗略地可以分为两类：一类是细读的，一类是浏览的。细读的数目不可能太多。学梵文必须熟练掌握语法。我上面提到的Stenzler的《梵文基础读本》，虽有许多优点，但是毕竟还太简略；入门足够，深入却难。在这时候必须熟读Kielhorn的《梵文文法》，我在这一本书上下过苦功夫，读了不知多少遍。其次，我对Oldenberg的几本书，比如《佛陀》等都从头到尾细读过。他的一些论文，比如分析*Mahāvastu*的文体的那篇，为了写论文，我也都细读过。Whitney和Wackernagel的梵文文法，Debruner续Wackernagel的那一本书，以及W. Geiger的关于巴利文的著作，我都下过功夫。

但是，我最服膺的还是我的太老师Heinrich Lüders，他的书，我只要能得到，就一定仔细阅读。他的论文集*Philologica Indica*是一部很大的书，我从头到尾仔细读过一遍，有的文章读过多遍。像这样研究印度古代语言、宗教、文学、碑铭等的对一般人来说都是极为枯燥、深奥的文章，应该说是最乏味的东西。喜欢读这样文章的人恐怕极少极少，然而我却情有独钟；我最爱读中外两位大学者的文章，中国是陈寅恪先生，西方就是Lüders先生，这两位大师实有异曲同工之妙。他们为文，如剥春笋，一层层剥下去，愈剥愈细；面面俱到，巨细无遗；叙述不讲空话，论证必有根据；从来不引僻书以自炫，所引者多为常见书籍；别人视而不见的，他们偏能注意；表面上并不艰深玄奥，于平淡中却能见神奇；有时真如“山重水复疑无路”，转眼间“柳暗花明又一村”；迂回曲折，最后得出结论，让你顿时觉得豁然开朗、口服心服。人们一般读文学作品能得到美感享受，身轻神怡。然而我读两位大师的论文时得到的美感享受，与读文学作品时所得到的迥乎不同，却似乎更深更高。也许有人会认为这是我个人的怪癖；我自己觉得，这确实是“癖”，然而毫无“怪”可言。“此中有真意，欲辨已忘言”，实不足为外人道也。

上面谈的是我读梵文著作方面的一些感受。但是，当时我读的书绝不限于梵文典籍。我在上面已经说到，哥廷根大学有一个汉学研究所，所内有一个比梵文研究所图书室大许多倍的汉文图书室。为什么比梵文图书室大这样多呢？原因是大学图书馆中没有收藏汉籍，所有的汉籍以及中国少数民族的语言，如藏文、蒙文、西夏文、女真文之类的典籍都收藏在汉学研究所中。这个所的图书室，由于Gustav Haloun教授的惨淡经营，大量从中国和日本购进汉文典籍，在欧洲颇有点名气。我曾在那里会见过许多世界知名的汉学家，比如英国的Athur Waley等。汉学研究所所在的大楼比Gauss-Weber-Haus要大得多，也宏伟得多，房子极高极大。汉学研究所在二楼上，上面还有多少层，我不清楚。我始终也没有弄清楚，偌大一座大楼是做什么用的。十年之久，我不记得，除了打扫卫生的一位老太婆，还在这里见到过什么人。院子极大，有极高极粗的几棵古树，样子都有五六百年的树龄，地上绿草如茵。楼内楼外，干干净净，比梵文研究所更寂静，也更幽雅，真是读书的好地方。

我每个星期总来这里几次，有时是来上课，更多是来看书。我看得最多的是日本出版的《大正新修大藏经》。有一段时间，我帮助Waldschmidt查阅佛典。他正写他那一部有名的关于释迦牟尼涅槃前游行的叙述的大著。他校勘新疆发现的佛经梵文残卷，也需要汉译佛典中的材料，特别是唐义净译的那几部数量极大的“根本说一切有部的律”。至于我自己读的书，则范围广泛。十几万册汉籍，本本我都有兴趣。到了这里，就仿佛回到了祖国一般。我记得这里藏有几部明版的小说。是不是宇内孤本，因为我不通此道，我说不清楚。即使是的话，也都埋在深深的“矿井”中，永世难见天日了。自从1937年Gustav Haloun教授离开哥廷根大学到英国剑桥大学去任汉学讲座教授以后，有很长一段时间，汉学研究所就由我一个人来管理。我每次来到这里，空荡荡的六七间大屋子就只有我一个人，万籁俱寂，静到能听到自己心跳的声音。在绝对的寂静中，我盘桓于成排的大书架之间，架上摆的是中国人民智慧的结晶，我心中充满了自豪感。我翻阅的书很多，但是我读得最多的还是一大套上百册的中国笔记丛刊，具体的书名已经忘记了。笔记是中国特有的一种著述体裁，内容包罗万象，上至宇宙，下至鸟兽虫鱼，以及身边琐事、零星感想，还有一些历史和科技的记述，利用得好，都是十分有用的资料。我读完了全套书，可惜我当时还没有研究“糖史”的念头，很多有用的资料白白地失掉了。及今思之，悔之晚矣。

我在哥廷根读梵、汉典籍，情况大体如此。

# 博士论文

梵文学习了几个学期以后，Waldschmidt教授大概认为我“孺子可教”，愿意把我收为门下弟子，便主动找我谈博士论文的事情。他征求我的意见，问我有什么想法。我直率地告诉他，论文题目绝不能同中国有任何牵连。我在国内时就十分瞧不起那一些在国外靠中国老祖宗老子、庄子等的威名写出论文，回国后又靠西方诸大师的威名两头吓唬人的所谓“学者”。这引得Waldschmidt也笑了起来。一般说来，德国教授并不勉强把论文题目塞给学生。他在研究工作中，觉得他这门学问中还有哪一部分需要补充研究，他就把自己的意思告诉学生，征求学生的意见。学生如果同意，题目就算定下来了。Waldschmidt问我的兴趣何在，我回答说：在研究佛典梵语的语法。早期佛典，除巴利文佛典外，还有许多是用“混合梵文”写成的，不是纯粹的古典梵文，而是掺杂了许多方言成分。方言分东部、西部、西北部等不同地区，语法变化各有特点。这些佛典原来可能就是用方言写成的，在“梵文化”的大趋势下，各个向梵文转化，但转化的程度极不相同，转化所处的阶段也各个不同，从中可以探求一部佛典的原产地。这对印度佛教史的研究有重要意义。我同教授商量的结果是，他把一部分量非常大的混合梵文的佛典交给我去研究。因为其量过大，不可能把全部书的语法现象都弄清楚，于是首先限制在动词上。就是这样，其量也还是过大，于是又限定在限定动词上。这一部大书就是*Mahāvastu*（《大事》）。全书用散文和诗歌（伽陀Gāthā）混合写成。散文部分梵文化的程度较深，因为散文不受韵律限制，容易梵文化，而诗歌部分则保留原来的方言成分较多。我的论文题目定为*Die Konju-gation des finiten Verburns in dan Gāthas des Mahavasis*（《〈大事〉中陀部为限定动词的变化》）。*Mahāvastu*一书厚厚的三巨册，校刊出版者是法国梵文学家E. Smart。从此以后，我每天课余就都在读这一本书。我每天的生活程序是：凌晨起床，在家里吃过早点，就穿过全城从城东走到城西的梵文研究所；中午不回家，在外面饭馆里吃过午饭，仍回研究所，浏览有关的杂志，从来没有什么午睡；一直工作到六点，才回家吃晚饭。天天如此，像刻板一样。只要有书可读，我从来没有感到单调或寂寞，乐也融融。

这一部大书并不容易读。我要查好多字典，梵文的、巴利文的都有，还要经常翻阅R. Pischel那一部著名的《俗语语法》。边读边把所有的动词形式都写成卡片，按字母顺序排列起来。遇到困难问题，我从来不找教授。因为这种古怪的文字，对教授来说也会是陌生的。Senart的法文注释也可以参考，主要是靠自己来解决。一时解决不了，就放一放，等到类似的现象发现多了，集拢起来，一比较，有的困难问题自然能得到解决。

写论文的过程，实际上就是学习的过程。我读*Mahāvastu*共用了两年多的时间，同时当然也读了许多与此有关的参考书。书读完后，卡片也做完了，就开始分类编排，逐章逐段写成文章。论文主体写完，又附上了一篇*Anhang*：*Uber die Endung-matha*（《附录：论词尾-matha》），还附上了一个详细的动词字根表。我这一篇博士论文的框架就是如此。

我现在讲一讲“导论”（Einleitung）的问题。论文主体完成以后，我想利用导论来向教授显示一下自己的才华。我穷数月之力，翻阅了大量的专著和杂志，搜集有关混合梵文的资料以及佛典由俗语逐渐梵文化的各种不同的说法。大学图书馆就在印度研究所对面，借书非常方便，兼之德国人素以细致、彻底、效率高闻名全世界，即使借一本平常几乎没有人借阅的古旧的杂志，都不用等很长时间，唾手可得。这也给我提供了写作的便利。结果写成了一篇洋洋万言的“导论”，面面俱到，巨细不遗，把应该或者甚至不太应该、只有点沾亲带故的问题，都一一加以论列。写完以后，自我感觉非常良好，沾沾自喜，把全部论文请Irmgard Meyer小姐用打字机打好，等到Wald-schmidt休假时，亲自呈送给他，满以为他会大大地把自己褒奖一番的。然而，事与愿违。过了几天，他把我叫了去，并没有生气，只是面带笑容地把论文稿子交给了我。对其余部分他大概还是非常满意的，只是我的心肝宝贝，那一篇“导论”却一字未动，只在文前画了一个前括号，在最后画了一个后括号，意思很明显，就是统统删掉。这完全出我期望，几乎一棍子把我打晕。他慢慢地对我解释说：“你讨论这个问题，面面俱到，其实哪一面也不够充实、坚牢。人家如果想攻击你，从什么地方都能下手，你是防不胜防！”他用了“攻击”这个字眼儿，我至今忆念不忘。我猛然省悟，心悦诚服地接受了他这一“棒喝”，把“导论”一概不要，又重新写了一篇相当短而扎实得多的“导论”，就是现在出版的这一篇。在留德十年中，我当然从这位大师那里学习了不少的本领、不少的招数。但是，给我留下印象最深的还是这一篇“导论”，我终生难忘。以后我教我的学生时也经常向他们讲这个故事。写学术论文，千万不要多说废话，最好能够做到每一句话都有根据。我最佩服的中外两个大学者Heinrich Lüders和陈寅恪就是半句废话也不说的典范。可惜有时候我自己也做不到，我的学术论文中还是有废话的。

现在再谈一谈论文的附录：Uber die Endung-matha的问题。这一个动词第一人称复数的词尾，不见于其他佛典内。Senart也觉得奇怪，他想把它解释为-ma atha。但是，我把*Mahāvastu*全书中所有有-matha这个词尾的动词形式都搜集到一起，明确无误地证明了-matha只能是一个完整的动词词尾，Senart的解释是完全站不住脚的。虽然我也意识到这是我的一个新发现，所以才以“附录”的形式让它独立出来。但是，由于我对印欧语系比较语言学钻研不深，我还不能理解这个新发现的重要意义。上面提到的Krause教授，我的论文一写完，就让人读给他听。当他听到关于-matha的这一段时，大为惊喜，连声说："这是一个了不起的发现！"原来同样或者类似的词尾在古代希腊文中也有。一个西方的希腊，一个东方印度的*Mahāvastu*，相距万里，而竟有同样的词尾，这会给印欧语系比较语言学的研究带来新问题，给予新启发。他逢人便讲，至少在Gauss-Weber-Haus里，颇引起了一点轰动。连专攻斯拉夫语文学的Bochucke小姐，见面时也对我提起此事。

# 迈耶（Meyer）一家

迈耶一家同我住在一条街上，相距不远。我现在已经记不清楚，我是怎样认识他们的。可能是由于田德望住在那里，我去看田，从而就认识了。田走后，又有中国留学生住在那里，三来两往，就成了熟人。

他们家有老夫妇俩和两个如花似玉的女儿。老头同我的男房东欧朴尔先生非常相像，两个人原来都是大胖子，后来饿瘦了。脾气简直一模一样，老实巴交，不会说话，也很少说话。在人多的时候，呆坐在旁边，一言不发；脸上却总是挂着憨厚的微笑。这样的人，一看就知道，他绝不会撒谎、骗人。他也是一个小职员，天天忙着上班、干活。后来退休了，整天待在家里，不大出来活动。家庭中执掌大权的是他的太太。她同我的女房东年龄差不多，但是言谈举动，两人却不大一样。迈耶太太似乎更活泼，更能说会道，更善于应对进退，更擅长交际。据我所知，她待中国学生也是非常友好的。住在她家里的中国学生同她关系都处得非常好。她也是一个典型的德国妇女，家庭中一切杂活她都包了下来。她给中国学生做的事情，同我的女房东一模一样。我每次到她家去，总看到她忙忙碌碌，里里外外连轴转。但她总是喜笑颜开，我从来没有看到她愁眉苦脸过，他们家是一个非常愉快美满的家庭。

我同他们家来往比较多，还有另外一个原因。在我写作博士论文的那几年中，我用德文写成稿子，在送给教授看之前，必须用打字机打成清稿；而我自己既没有打字机，也不会打字。因为屡次反复修改，打字量是非常大的。适逢迈耶家的大小姐伊姆加德（Irmgard）能打字，又自己有打字机，而且她还愿意帮我打。于是，有很长的一段时间，我几乎天天晚上到她家去。因为原稿改得太乱，而且论文内容稀奇古怪，对伊姆加德来说，简直像天书一般。所以，她打字时，我必须坐在旁边，以备咨询。这样往往工作到深夜，我才摸黑回家。

我考试完结以后，打论文的任务完全结束了。但是，在我仍然留在德国的四五年间，我自己又写了几篇论文，所以一直到我于1945年离开德国时，还经常到伊姆加德家里去打字。她家里有什么喜庆日子，招待客人吃点心、吃茶，我必被邀请参加。特别是在她生日的那一天，我一定去祝贺。她母亲安排座位时，总让我坐在她旁边。此时，留在哥廷根的中国学生越来越少。以前星期日总在席勒草坪会面的几个好友都已走了。我一个人形单影只，寂寞之感，时来袭人。我也乐得到迈耶家去享受一点友情之乐，在战争喧闹声中，寻得一点清净。这在当时是非常难能可贵的。至今记忆犹新，恍如昨日。

在这样的情况下，我离开迈耶一家，离开伊姆加德，心里是什么滋味，完全可以想象。1945年9月24日，我在日记里写道：

> 吃过晚饭，七点半到Meyer家去，同Irmgard打字。她劝我不要离开德国。她今天晚上特别活泼可爱。我真有点舍不得离开她。但又有什么办法？像我这样一个人不配爱她这样一个美丽的女孩子。

同年10月2日，在我离开哥廷根的前四天，我在日记里写道：

> 回到家来，吃过午饭，校阅稿子。三点到Meyer家，把稿子打完。Irmgard只是依依不舍，令我不知怎样好。

日记是当时的真实记录，不是我今天的回想：是代表我当时的感情，不是今天的感情。我就是怀着这样的感情离开迈耶一家，离开伊姆加德的。到了瑞士，我同她通过几次信，回国以后，就断了音信。说我不想她，那不是真话。1983年，我回到哥廷根时，曾打听过她，当然是杳如黄鹤。如果她还留在人间的话，恐怕也将近古稀之年了，而今我已垂垂老矣，世界上还能想到她的人恐怕不会太多。等到我不能想到她的时候，世界上能想到她的人，恐怕就没有了。

# 山中逸趣

置身饥饿地狱中，上面又有建造地狱时还不可能有的飞机的轰炸，我的日子比地狱中的饿鬼还要苦上十倍。

然而，打一个比喻说，在英雄交响乐的激昂慷慨的乐声中，也不缺少像莫扎特的小夜曲似的情景。

哥廷根的山林就是小夜曲。

哥廷根的山不是怪石嶙峋的高山，这里土多于石，但是确又有山的气势。山顶上的俾斯麦塔高踞群山之巅，在云雾升腾时，在乱云中露出的塔顶，望之也颇有蓬莱仙山之概。

最引人入胜的不是山，而是林。这一片丛林究竟有多大，我住了十年也没能弄清楚，反正走几个小时也走不到尽头。林中主要是白杨和橡树，在中国常见的柳树、榆树、槐树等，似乎没有见过。更引人入胜的是林中的草地。德国冬天不冷，草几乎是全年碧绿。冬天雪很多，在白雪覆盖下，青草也没有睡觉，只要把上面的雪一扒拉，青翠欲滴的草立即显露出来。每到冬春之交时，有白色的小花，德国人管它叫“雪钟儿”，破雪而出，成为报春的象征。再过不久，春天就真的来到了大地上，林中到处开满了繁花，一片锦绣世界了。

到了夏天，雨季来临，哥廷根的雨非常多，从来没听说有什么旱情。本来已经碧绿的草和树木，现在被雨水一浇，更显得浓翠逼人。整个山林，连同其中的草地，都绿成一片，绿色仿佛塞满了寰中，涂满了天地，到处是绿、绿、绿，其他的颜色仿佛一下子都消逝了。雨中的山林，更别有一番风味。连绵不断的雨丝，同浓绿织在一起，形成一张神奇、迷茫的大网。我就常常孤身一人，不带什么伞，也不穿什么雨衣，在这一张覆盖天地的大网中，踽踽独行。除了周围的树木和脚底下的青草以外，仿佛什么东西都没有，我颇有佛祖释迦牟尼的感觉，“天上天下，唯我独尊”了。

一转入秋天，就到了哥廷根山林最美的季节。我曾在《忆章用》一文中描绘过哥城的秋色，受到了朋友的称赞，我索性抄在这里：

> 哥廷根的秋天是美的，美到神秘的境地，令人说不出，也根本想不到去说。有谁见过未来派的画没有？这小城东面的一片山林在秋天就是一幅未来派的画。你抬眼就看到一片耀眼的绚烂。只说黄色，就数不清有多少等级，从淡黄一直到接近棕色的深黄，参差地抹在一片秋林的梢上，里面杂了冬青树的浓绿，这里那里还点缀上一星星鲜红，给这惨淡的

秋色涂上一片凄艳。

我想，看到上面这一段描绘，哥城的秋山景色就历历如在目前了。

一到冬天，山林经常为大雪所覆盖。由于温度不低，所以覆盖不会太久就融化了；又由于经常下雪，所以总是有雪覆盖着。上面的山林，一部分依然是绿的，雪下面的小草也仍旧碧绿，上下都有生命在运行着。哥廷根城的生命活力似乎从来没有停息过，即使是在冬天，情况也依然如此。等到冬天一转入春天，生命活力没有什么覆盖了，于是就彰明昭著地腾跃于天地之间了。

哥廷根四时的情景就是这个样子。

从我来到哥城的第一天起，我就爱上了这山林。等到我堕入饥饿地狱，等到天上的飞机时时刻刻在散布死亡时，只要我一进入这山林，立刻在心中涌起一种安全感。山林确实不能把我的肚皮填饱，但是在饥饿时安全感又特别可贵。山林本身不懂什么饥饿，更用不着什么安全感。当全城人民饥肠辘辘，在英国飞机下心里忐忑不安的时候，山林却依旧郁郁葱葱，“依旧烟笼十里堤”。我真爱这样的山林，这里真成了我的世外桃源了。

我不知道有多少次，一个人到山林里来；也不知道有多少次，同中国留学生或德国朋友一起到山林里来。在我记忆中最难忘记的一次畅游，是同张维和陆士嘉在一起的。这一天，我们的兴致都特别高。我们边走、边谈、边玩，真正是忘路之远近。我们走呀走呀，已经走到了我们往常走到的最远的界限，但在不知不觉之间就走越了过去，仍然一往直前。越走林越深，根本不见任何游人。路上的青苔越来越厚，是人迹少到的地方。周围一片寂静，只有我们的谈笑声在林中回荡，悠扬、遥远。远处在林深处听到柏叶上有窸窣的声音，抬眼一看，是几只受了惊的梅花鹿，瞪大了两只眼睛，看了我们一会儿，立即一溜烟似的逃到林子的更深处去了。我们最后走到了一个悬崖上，下临深谷，深谷的那一边仍然是无边无际的树林。我们无法走下去，也不想走下去，这里就是我们的天涯海角了。回头走的路上，遇到了雨。躲在大树下，避了一会儿雨。然而雨越下越大，我们只好再往前跑。出乎我们意料之外，竟然找到了一座木头凉亭，真是避雨的好地方。里面已经先坐着一个德国人，打了一声招呼，我们也就坐下，同是深林躲雨人，相逢何必曾相识。我们没有通名报姓，就上天下地胡谈一通，宛如故友相逢了。

这一次畅游始终留在我的记忆里，至今难忘。山中逸趣，当然不止这一桩。大大小小、琐琐碎碎的事情，还可以写出一大堆来，我现在一律免掉。我写这些东西的目的，是想说明，就是在那种极其困难的环境中，人生乐趣仍然是有的。在任何情况下，人生也绝不会只有痛苦，这就是我悟出的禅机。

# 在饥饿地狱中

同轰炸并驾齐驱的是饥饿。

我初到德国的时候，供应十足充裕，要什么有什么，根本不知饥饿为何物。但是，法西斯头子侵略成性，其实法西斯的本质就是侵略，他们早就扬言：要大炮，不要奶油。在最初，德国人桌子上还摆着奶油，肚子里填满了火腿，根本不了解这句口号的真正意义。于是，全国翕然响应，仿佛他们真不想要奶油了。大概从1937年开始，逐渐实行了食品配给制度。最初限量的就是奶油，以后接着是肉类，最后是面包和土豆。到了1939年，希特勒悍然发动第二次世界大战，德国人的腰带就一紧再紧了。这一句口号得到了完满的实现。

我虽生也不辰，在国内时还没有真正挨过饿。小时候家里穷，一年至多只能吃两三次白面，但是吃糠咽菜，肚子还是能勉强填饱的。现在到了德国，才真受了“洋罪”。这种“洋罪”是慢慢地感觉到的。我们中国人本来吃肉不多，我们所谓“主食”实际上是西方人的“副食”。黄油从前我们根本不吃。所以在德国人开始沉不住气的时候，我还优哉游哉，处之泰然。但是，到了我的“主食”面包和土豆限量供应的时候，我才感到有点不妙了。黄油失踪以后，取代它的是人造油。这玩意儿放在汤里面，还能呈现几个油珠儿。但一用来煎东西，则在锅里滋滋几声，一缕轻烟，油就烟消云散了。在饭馆里吃饭时，要经过几次思想斗争，从战略观点和全局观点反复考虑之后，才请餐馆服务员（Herr Ober）“煎”掉一两肉票。倘在汤碗里能发现几滴油珠，则必大声唤起同桌者的注意，大家都乐不可支了。

最困难的问题是面包。少且不说，实质更可怕。完全不知道里面掺了什么东西。有人说是鱼粉，无从否认或证实。反正是只要放上一天，第二天便有腥臭味。而且吃了，能在肚子里制造气体。在公共场合出虚恭，俗话就是放屁，在德国被认为是极不礼貌，有失体统的。然而肚子里带着这样的面包去看电影，则在影院里实在难以保持体统。我就曾在看电影时亲耳听到虚恭之声，此起彼伏，东西应和，我不敢耻笑别人。我自己也正在同肚子里过量的气体做殊死斗争，为了保持体面，想把它镇压下去，而终于还以失败告终。

但是也不缺少令人兴奋的事：我打破了纪录，是自己吃饭的纪录。有一天，我同一位德国女士骑自行车下乡，去帮助农民摘苹果。在当时，城里人谁要是同农民有一些联系，别人会垂涎三尺的，其重要意义绝不亚于今天的走后门。这位女士同一户农民挂上了钩，我们就应邀下乡了。苹果树都不高，只要有一个短梯子，就能照顾全树了。德国苹果品种极多，是本国的主要果品。我们摘了半天，工作结束时，农民送了我一篮子苹果，其中包括几个最优品种的；另外，还有五六斤土豆。我大喜过望，跨上了自行车，有如列子御风而行，一路青山绿水看不尽，轻车已过数重山。到了家，把土豆全部煮上，蘸着积存下的白糖，一鼓作气，全吞进肚子，但仍然还没有饱意。

“挨饿”这个词儿，人们说起来，比较轻松。但这些人都是没有真正挨过饿的。我是真正经过饥饿炼狱的人，其中滋味实不足为外人道也。我非常佩服东西方的宗教家们，他们对人情世事真是了解到令人吃惊的程度，在他们的地狱里，饥饿是被列为最折磨人的项目之一。中国也是有地狱的，却是舶来品，其来源是印度。谈到印度的地狱学，那真是博大精深，蔑以加矣。“死鬼”在梵文中叫Preta，意思是“逝去的人”。到了中国译经和尚的笔下，就译成了“饿鬼”，可见“饥饿”在他们心目中占多么重要的地位。汉译佛典中，关于地狱的描绘，比比皆是。《长阿含经》卷十九《地狱品》的描绘可能是有些代表性的。这里面说，共有八大地狱：第一大地狱名想，其中有十六小地狱：第一小地狱名曰黑沙，二名沸屎，三名五百钉，四名饥，五名渴，六名一铜釜，七名多铜釜，八名石磨，九名脓血，十名量火，十一名灰河，十二名铁丸，十三名釿斧，十四名豺狼，十五名剑树，十六名寒冰。地狱的内容，一看名称就能知道。饥饿在里面占了一个地位。这个饥饿地狱里是什么情况呢?

《长阿含经》说：

（饿鬼）到饥饿地狱。狱卒来问："汝等来此，欲何所求？"报言："我饿！"狱卒即捉扑热铁上，舒展其身，以铁钩钩口使开，以热铁丸着其口中，焦其唇舌，从咽至腹，通彻下过，无不焦烂。

这当然是印度宗教家的幻想，西方宗教家也有地狱幻想。在但丁的《神曲》里面也有地狱。第六篇，但丁在地狱中看到一个怪物，张开血盆大口，露出长牙；但丁的引导人俯下身子，在地上抓了一把泥土，对准怪物的嘴，投了过去。怪物像狗一样狺狺狂吠，无非是想得到食物。现在嘴里有了东西，就默然无声了。西方的地狱内容实在太单薄，比起东方地狱来，大有小巫见大巫之势了。

为什么东西方宗教家都幻想地狱，而在地狱中又必须忍受饥饿的折磨呢？他们大概都认为饥饿最难忍受，恶人在地狱中必须尝一尝饥饿的滋味。这个问题我且置而不论。不管怎样，我当时实在是正处在饥饿地狱中，如果有人向我嘴里投掷热铁丸或者泥土，为了抑制住难忍的饥饿，我一定会毫不迟疑地不顾一切地把它们吞下去，至于肚子烧焦不烧焦，就管不了那样多了。

我当时正在读俄文原文的果戈理的《钦差大臣》。在第二幕第一场里，我读到了奥西普躺在主人的床上独白的一段话：

> 现在旅馆老板说啦，前账没有付清就不开饭；可我们要是付不出钱呢？（叹口气）唉，我的天，哪怕有点菜汤喝喝也好呀。我现在恨不得要把整个世界都吞下肚子里去。

这写得何等好呀！果戈理一定挨过饿，不然的话，他无论如何也写不出要把整个世界都吞下去的话来。

长期挨饿的结果是，人们都逐渐瘦了下来。现在有人害怕肥胖，提倡什么减肥，往往费上极大的力量，却不见效果。于是有人说："我就是喝白水，身体还是照样胖起来的。"这话现在也许是对的，但在当时却完全不是这样。我的男房东在战争激烈时因心脏病死去。他原本是一个大胖子，到死的时候，体重已经减轻了二三十公斤，成了一个瘦子了。我自己原来不胖，没有减肥的物质基础。但是饥饿在我身上也留下了伤痕：我失掉了饱的感觉，大概有八年之久。后来到了瑞士，才慢慢恢复过来。此是后话，这里不提了。

# 烽火连八岁　家书抵亿金

逸趣虽然有，但环境日益险恶，也是不可否认的事实。

随着形势的日益险恶，我的怀乡之情也日益腾涌。这比刚到哥廷根时的怀念母亲之情，其剧烈的程度不可同日而语了。

这种怀乡之情并不是由于受了德国方面的什么刺激而产生的。正相反，看了德国人沉着冷静的神态，使我颇感安慰。他们该干什么，就干什么，看不出什么紧张。就拿轰炸来说吧。我原以为，轰炸到了铺地毯的程度，已经是蔑以复加矣。然而不然，原来还有更高的层次。最初，盟军飞机飞临德国上空时，总要拉响警笛的。警笛也有不同的层次，以盟军飞机距离本城的远近来划分。飞机一飞走，警报立即解除。我们都绝对要听从警笛的指挥，不敢稍有违反。在这里也表现出德国人遵守纪律、热爱秩序的特点。但是，到了后来，东线战争毫无进展，德国从四面受到包围。防空能力一度吹嘘得像神话一般，现在则完全垮了台。盟军飞机随时可以飞临上空，也不论白天和夜晚，愿意投弹则投弹；不愿意投弹，则以机关枪向地面扫射。警笛无法拉响，警报无法发出。因为一天二十四小时，时时刻刻都在警报中，警笛已经是英雄无用武之地了。到了此时，我们出门，先抬头看一看天空，天上有飞机，则到街道旁边的房檐下躲一躲。飞机一过，立即出来，该干什么干什么。常常听到人说，什么地方的村庄和牛被敌机上的机关枪扫射了，子弹比平常的枪弹要大得多。听到这些消息，再加上空中的飞机声，然而人们丝毫也不紧张，而有点处之泰然了。

再拿食品来说吧。日益短缺，这自在意料之中，不足为怪。奇怪的倒是德国人，他们也是处之泰然的，不但没有怪话，而且有时还颇有些幽默感。我曾在一张报纸上看到一幅漫画，画的是一家在吃饭。舅舅用叉子叉着一块兔子肉，嘴里连声称赞："真好吃呀！"而坐在对面的小外甥，则低头垂泪。这兔子显然是小孩豢养大的。从城里来的舅舅只知道肉好吃，全然不理解小孩的心情。德国人给人的印象是严肃、认真、纯朴，他们的彻底性是有口皆碑的。他们似乎不像英国人那样欣赏幽默。然而在食品缺乏到可怕的程度的时候，他们居然并不缺少幽默。我提到的这一幅漫画不是一个绝好的证明吗？

德国人这种对待轰炸和饥饿的超然泰然的态度，当然感染了我。但是我身处异域，离开自己的祖国和亲人有千山万水之遥。比起德国人来，祖国和亲人就在眼前，当然感受完全不同。我是一个"老外"，是在异域受"洋罪"。自己的一些牢骚、一些想法，平常日子无法宣泄，自然而然地就在梦中表现出来。我不是庄子所谓的“至人无梦”的“至人”，我的梦非常多。我的一些希望在梦中肆无忌惮地得到了满足。我梦得最多的是祖国的食品。我这个人素无大志，在食品方面亦然。我从来没有梦到过什么燕窝、鱼翅、猴头、熊掌，这些东西本来就与我缘分不大。我做梦梦到最多的是吃炒花生米和锅饼（北京人叫“锅盔”）。这都是小时候常吃而直到今天耄耋之年仍然经常吃的东西。每天平旦醒来，想到梦中吃的东西，怀乡之情如大海怒涛，奔腾汹涌，无论如何也抑制不住。

此时，大学的情况也真让人触目伤心。大战爆发以后，有几年的时间，男生几乎都被征从军，只剩下了女生，奔走于全城各研究所之间，哥廷根大学变成一个女子大学。无论走进哪一间教室或实验室，都是粉白黛绿，群雌粥粥，仿佛到了女儿国一般。等到战争越过了最高峰逐渐走向结束的时候，从东部俄国前线上送回来了大量德国伤兵，一部分就来到了哥廷根。这时候，在大街上奔走于全城各研究所之间的，除了女生以外，就是缺胳膊断腿的拄着双拐或单拐，甚至乘坐轮椅的伤残大学生。在上课的大楼中，在洁净明亮的走廊上，拐杖触地的清脆声处处可闻。这种声音回荡在粉白黛绿之间，让人听了，不知应当做何感想。德国的大音乐家还没有哪一个谱过拐声交响乐。我这个外乡人听了，真是欲哭无泪。

同德国伤兵差不多同时涌进哥廷根城的是苏联、波兰、法国等国的俘虏，人数也是很多的。既然是俘虏，最初当然有德国人看管。后来大概是由于俘虏太多，而派来看管的德国男人则又太少了，我看到好多俘虏自由自在地在大街上闲逛。我也曾在郊外农田里碰到过俄国俘虏，没有看管人员，他们就带了锅，在农田挖掘收割剩下的土豆，挖出来，就地解决，找一些树枝，在锅里一煮，就狼吞虎咽地吃开了。他们显然是饿得够呛的。俘虏中是有等级的，苏联和法国俘虏级别似乎高一点，而波兰的战俘和平民，在法西斯眼中是亡国之民，受到严重的侮辱性的歧视，每个人衣襟上必须缝上一个写着P字的布条，有如印度的不可接触者，让人一看就能够分别。法显《佛国记》中说是“击木以自异”，在现代德国是“挂条以自异”。有一天，我忽然在一个我每天必须走过的菜园子里，看到一个襟缝P字的波兰少女在那里干活，圆圆的面孔，大大的眼睛，非常像八九年前我在波兰火车上碰到的Wala。难道真会是她吗？我不敢贸然搭话。从此我每天必然看到她在菜地里忙活。“同是天涯沦落人”，我首先想到的就是这一句话。我心里痛苦万端，又是欲哭无泪。经过长期酝酿，我写成了那一篇《Wala》，表达了我的沉痛心情。

我当时的心情就是这个样子。

此时，我同家里早已断了书信。祖国抗日战争的情况也几乎完全不清楚。偶尔从德国方面听到一点消息，由于日本是德国盟国，也全部是谎言。杜甫的诗说：“烽火连三月，家书抵万金。”我想把它改为“烽火连八岁，家书抵亿金”，这样才真能符合我的情况。日日夜夜，不知道有多少事情揪住了我的心。祖国是什么样子了？家里又怎样了？叔父年事已高，家里的经济来源何在？婶母操持这样一个家，也真够她受的。德华带着两个孩子，日子不知是怎样过的？“遥怜小儿女，未解忆长安。”我想，他们是能够忆长安的。他们大概知道，自己有一个爸爸在很远很远的地方。家里还有一条名叫“憨子”的小狗，在国内时，我每次从北京回家，一进门就听到汪汪的吠声，但一看到是我，立即摇起了尾巴，憨态可掬。这一切都是我时刻想念的。连院子里那两棵海棠花也时来入梦，这些东西都使我难以摆脱。真正是抑制不住的离愁别恨，数不尽的不眠之夜！

我特别经常想到母亲。初到哥廷根时思念母亲的情景，前面已经谈过了。当我同祖国和家庭完全断掉联系的时候，我思母之情日益强烈。母亲入梦，司空见惯。但可恨的是，即使在梦中看到母亲的面影，也总是模模糊糊的。原因很简单，我的家乡是穷乡僻壤，母亲一生没照过一张相片。我脑海里那一点母亲的影子，是我在十几岁时离开她用眼睛摄取的，是极其不可靠的。可怜我这个失母的孤儿，连在梦中也难以见到母亲的真面目，老天爷不是对我太残酷了吗？

# 肆……

## 世事洞明，人情练达

在日常社会交往中，说几句假话，
露出点不是出自内心的假笑，还是必要的，
甚至是不可避免的。

# 从小康谈起

稚珊命题作文，我应命试作。

我们现在举国上下正在努力建设小康社会。但是，什么叫“小康”？我还没有看到权威性的解释。现在，我不揣冒昧对这个词来做一番解释。

在发达国家的大城市，特别是首都中，居民约略可以分为三个阶层。第一是大款，收入极高，人数极少，享用奢侈，匪夷所思。第二是中间阶层，人数相当多，收入不甚丰而花费有余。他们想吃什么，就吃什么；想穿什么，就穿什么。来自五湖四海普天下的产品，他们都能得到。他们绝不像大款那样，一次宴会开支万金，但是，日子过得颇为舒适，颇为惬意，他们是满足的。至于第三阶层，人数颇多，收入拮据，日子过得不能称心如意，还不能算是小康生活。

上面讲的第二阶层，我认为算是“小康”。拿这个例子来同北京比较一下，北京中间阶层的人可以说是已经达到小康水平了。他们想要吃的，想要穿的，不管是来自天南，还是海北，而且还是一年四季的产品，他们都能够得到，难道这不算是小康了吗？

但是，衡量小康的水平标准，不仅仅有物质，而且要有精神方面的东西，我们平常讲的人文素质，就是指的精神方面的东西。一讲到人文素质，问题就复杂起来。我个人认为，有对全人类的要求，有对不同国家、不同民族的要求。前者的内容有：要正义，不要邪恶；要和平，不要战争；要友谊，不要仇恨；要协商，不要独断；要互助，不要掠夺，如此等等，还可以列举许多。后者则复杂得多。国家不同，民族不同，文化和宗教的传统不同，人文素质的行为细则必然不同。在这里需要的是相互理解，相互尊重。

如果拿世界上许多大都市已经进入小康境界的人们的人文素质水平，来同北京市（可能还有别的大城市）的我以为已经达到小康水平的人们的人文素质水平比较一下的话，我就不禁英雄气短。有一些暴发的小康者，骄矜、浮躁，忘乎所以。就以市民的平均水平而论，也存在着不少问题。我将在上海《新民晚报·夜光杯》上连续发表四篇谈公德的文章来谈这个问题，希望能起点作用。我们中国在这方面要做的事情还有很多，这一点我们必须清醒。

我想在这里顺便谈一个问题。在现在消费高潮汹涌澎湃的时候，再谈节俭，是否已经过时，是否算是冥顽不灵？我认为不是这样。过去谈节俭是对个人、对自己的家庭而言。而我现在讲的节俭是对人类而言的，大自然提供给人类的生活日用资料，毕竟不是像江上之清风，山间之明月那样取之不尽、用之不竭的，一个国家用多了，别的国家就会用得少，就必将影响世界上广大的人民群众共同进入真正的小康境界。

二〇〇三年一月十一日

# 论包装

我先提一个问题：人类是变得越来越精呢，还是越来越蠢？

答案好像是明摆着的：越来越精。

在几千年有文化的历史上，人类对宇宙，对人世，对生命，对社会，总之对人世间所有的一切，越来越了解得透彻、细致，如犀烛隐，无所不明。例子伸手可得。当年中国人对月亮觉得可爱而又神秘，于是就说有一个美女嫦娥奔入月宫。连苏东坡这个宋朝伟大的诗人，也不禁要问出：“明月几时有？把酒问青天。不知天上宫阙，今夕是何年？”可是到了今天，人类已经登上了月球，连月球上的土块也被带到了地上。哪里有什么嫦娥，有什么广寒宫？

人类倘不越变越精，能做到这一步吗？

可是我又提出了问题，说明适得其反，例子也是伸手即得。我先举一个包装。

人类活动在社会上，有时候是需要包装的。特别是女士们，在家中穿得朴朴素素，但是一出门，特别是参加什么“派对”

（Party，借用香港话），则必须打扮得珠光宝气，花枝招展，浑身洒上法国香水，走在大街上，高跟鞋跟敲地做金石声，香气直射十步之外，路人为之侧目。这就是包装，而这种包装，我认为是必要的。

可是还有另外一种包装，就是商品的包装。这种包装有时也是必要的，不能一概而论。我从前到香港，买国产的商品，比内地要便宜得多。一问才知道，原因是中国商品有的质量并不次于洋货，正是由于包装不讲究，所以价钱卖不上去。我当时就满怀疑惑：究竟是使用商品呢，还是使用包装？

我因而想到一件事：我们楼上的一位老太太到菜市场上去买鸡，说是一定要黄毛的。卖鸡的小贩问老太太："你是吃鸡，还是吃鸡毛？"

到了今天，有一些商品的包装更是达到了匪夷所思的地步。外面的盒子，或木，或纸，或金属，往往极大。装扮得五彩缤纷，璀璨耀目。摆在货架上时，是庞然大物；提在手中或放在车中，更是运转不灵，左提，右提，横摆，竖摆，都煞费周折。及至拿到或运到家中，打开时也是煞费周折。在庞然大物中，左找，右找，找不到商品究竟在何处。很希望发现一张纸条上面写着：此处距商品尚有十公里！庶不致使我失去寻找的信心。据我粗略统计，有的商品在大包装中仅占空间的十分之一、二十分之一，甚至五十分之一。想到那个鸡和鸡毛的故事，我不禁要问：我们使用的是商品，还是包装？而负担那些庞大的包装费用的，羊毛出在羊身上，还是我们这些顾客，而华美绝伦的包装，商品取出后，不过是一堆垃圾而已。

如果我回答我在开头时提出的问题：人类越变越蠢，你怎样反驳？！

一九九七年八月十八日

# 论说假话

我曾在本栏发表过两篇论撒谎的千字文。现在我忽发奇想，想把撒谎或者说谎和说假话区别开来，我认为二者之间是有一点区别的，不管是多么微妙，毕竟还是有区别。我认为，撒谎有利于自己，多一半却有害于别人。说假话或者不说真话，则彼此两利。

空口无凭，事例为证。有很多人有了点知名度，于是社会活动也就多了起来。今天这里召开座谈会，明天那里举行首发式，后天又有某某人的纪念会，如此等等，不一而足。事实上是不可能全参加的，而且从内心深处也不想参加。在这样的情况下，如果都说实话的话："我不愿意参加，我讨厌参加！"那就必然惹得对方不愉快，甚至耿耿于怀，见了面不跟你打招呼。如果你换一种方式，换一个口气，说："很对不起，我已经另有约会了。"或者干脆称病不出，这样必能保住对方的面子。即使他知道你说的不是真话，也无大碍，所谓心照不宣者，即此是也。中国是最爱面子的国家，彼此保住面子，大大有利于安定团结，切莫把这种事看作无足轻重，保住面子不就是两利吗？

我认为，这只是说假话或者不说真话，而不是撒谎。

《三国演义》中记载了一个小故事。有一次，曹操率兵出征，行军路上缺了水，士兵都渴得难忍难耐。曹操眉头一皱，计上心头，坐在马上，用马鞭向前一指，说“前面有一片梅子林”。士兵马上口中生津，因为梅子是酸的。于是难关渡过，行军照常。曹操是不是撒了谎？当然是的。但是这个谎又有利于士兵，有利于整个军事行动。算不算是只是说了点假话呢？我不敢妄自评断。

有人说：我们在社会上，甚至在家庭中，都是戴着假面具生活的。这句话似乎有点过了头。但是我们确实常戴面具，又是一个无法否认的事实。现在各商店都大肆提倡微笑服务。试问：售货员的微笑都是真的吗？都没有戴面具吗？恐怕不是，大部分的微笑只能是面具，社会效益和经济效益取决于戴面具熟练的水平。有的售货员有戴面具的天才，有假微笑的特异功能，则能以假乱真，得到了顾客的欢心，寄来了表扬信，说不定还与工资或红包挂上钩。没有这种天才的人，勉强微笑，就必然像电影《瞧这一家子》中陈强的微笑，令顾客毛骨悚然。结果不但拿不到红包，还有被炒鱿鱼的危险。在这里我联想到“顾客是上帝”这个口号，这是完全不正确的，买卖双方，地位相等，哪里有什么上帝！这口号助长了一些尖酸刻薄、挑剔成性的顾客的威风，并不利于社会上的安定团结。

总之，我认为，在日常社会交往中，说几句假话，露出点不是出自内心的假笑，还是必要的，甚至是不可避免的。

二〇〇〇年一月三十日

# 谈孝

孝，这个概念和行为，在世界上许多国家中都是有的，而在中国独为突出。中国社会，几千年以来就是一个宗法伦理色彩非常浓的社会，为世界上任何国家所不及。

中国人民一向视孝为最高美德。嘴里常说的、书上常讲的“三纲五常”，又是什么“三纲六纪”，哪里也不缺少父子这一纲。具体地应该说“父慈子孝”是一个对等的关系。后来不知道是怎么一来，只强调“子孝”，而淡化了“父慈”，甚至变成了“天下无不是的父母”。古书上说：“身体发肤，受之父母。”一个人的身体是父母给的，父母如果愿意收回去，也是可以允许的了。

历代有不少皇帝昭告人民“以孝治天下”，自己还装模作样，尽量露出一副孝子的形象。尽管中国历史上也并不缺少为了争夺王位导致儿子弑父的记载，野史中这类记载就更多，但那是天子的事，老百姓则是绝对不能允许的。如果发生儿女杀父母的事，皇帝必赫然震怒，处儿女以极刑中的极刑：万剐凌迟。在中国流传时间极长而又极广的所谓“教孝”中，就有一些提倡愚孝的故事，比如王祥卧冰、割股疗疾等都是迷信色彩极浓的故事，产生了不良的影响。

但是中华民族毕竟是一个极富于理性的民族。就在已经被视为经典的《孝经·谏诤章》中，我们可以读到下列的话：

> 昔者天子有诤臣七人，虽无道，不失其天下；诸侯有诤臣五人，虽无道，不失其国；大夫有诤臣三人，虽无道，不失其家；士有诤友，则身不离于令名；父有诤子，则身不陷于不义。故当不义，则子不可以不诤于父，臣不可以不诤于君；故当不义，则诤之，从父之令，又焉得为孝乎？

这话说得多么好呀，多么合情合理呀！这与“天下无不是的父母”这一句话形成了鲜明的对立。后者只能归入愚孝一类，是不足取的。

到了今天，我们应该怎样对待孝呢？我们还要不要提倡孝道呢？据我个人的观察，在时代变革的大潮中，孝的概念确实已经淡化了。不赡养老父老母，甚至虐待他们的事情，时有所闻。我认为，这是不应该的，是影响社会安定团结的消极因素。我们当然不能再提倡愚孝。但是，小时候父母抚养子女，没有这种抚养，儿女是活不下来的。父母年老了，子女来赡养，就不说是报恩吧，也是合乎人情的。如果多数子女不这样做，我们的国家和社会能负担起这个任务来吗？这对我们迫切要求的安定团结是极为不利的。这一点简单的道理，希望当今为子女者三思。

一九九九年五月十四日

# 隔膜

鲁迅先生曾写过关于“隔膜”的文章，有些人是熟悉的。鲁迅的“隔膜”，同我们平常使用的这个词儿的含义不完全一样。我们平常所谓“隔膜”是指“情意不相通，彼此不了解”。鲁迅的“隔膜”是单方面的以主观愿望或猜度去了解对方，去要求对方。这样做，鲜有不碰钉子者。这样的例子，在中国历史上并不稀见。即使有人想“颂圣”，如果隔膜，也难免撞在龙犄角上，一命呜呼。

最近读到韩升先生的文章《隋文帝抗击突厥的内政因素》（《欧亚学刊》第二期），其中有几句话：

> 对此，从种族性格上斥责突厥“反复无常”，其出发点是中国理想主义感情性的“义”观念。国内伦理观念与国际社会现实的矛盾冲突，在中国对外交往中反复出现，深值反思。这实在是见道之言，值得我们深思。我认为，这也是一种“隔膜”。

记得当年在大学读书时，适值九一八事件发生，日军入寇东北。中国军队实行不抵抗主义，南京政府派大员赴日内瓦国联（相当于今天的联合国）控诉，要求国联伸张正义。当时我还属于隔膜党，义愤填膺，等待着国际伸出正义之手，结果当然是落了空。我颇恨恨不已了一阵子。

在这里，关键是什么叫“义”？什么叫“正义”？韩文公说：“行而宜之之谓义。”可是“宜之”的标准是因个人而异的，因民族而异的，因国家而异的，因立场不同而异的。不懂这个道理，就是“隔膜”。

懂这个道理，也并不容易。我在德国住了十年，没有看到有人在大街上吵架，也很少看到小孩子打架。有一天，我看到就在我窗外马路对面的人行道上，两个男孩在打架，一个大的十三四岁，一个小的只有七八岁，个子相差一截，力量悬殊明显。不知为什么，两个人竟干起架来。不到一个回合，小的被打倒在地，哭了几声，立即又爬起来继续交手，当然又被打倒在地。如此被打倒了几次，小孩边哭边打，并不服输，日耳曼民族的特性昭然可见。此时周围已经聚拢了一些围观者。我总期望，有一个人会像在中国一样，主持正义，说一句：“你这么大了，怎么能欺负小的呢！”但是没有。最后还是对门住的一位老太太从窗子里对准两个小孩泼出了一盆冷水，两个小孩各自哈哈大笑，战斗才告结束。

这件小事给了我一个重要的教训：在西方国家眼中，谁的拳头大，正义就在谁手里，我从此脱离了隔膜党。

今天，我们的国家和人民都变得更加聪明了，与隔膜的距离越来越远了。我们努力建设我们的国家，使人民的生活水平越来越提高。对外我们决不侵略别的国家，但也决不允许别的国家侵略我们。我们也讲主持正义，但是，这个正义与隔膜是不搭界的。

二〇〇一年二月二十七日

# 论怪论

怪论这个名词，人所共知。其所以称之为怪者，一般人都不这样说，而你偏偏这样说，遂成异议可怪之论了。

我却要提倡怪论。

但我也并不永远提倡怪论。

历史的经验告诉我们，一个国家、一个民族，需要不需要怪论，是完全由当时的历史环境所决定的。如果强敌压境，外寇入侵，这时只能全民一个声音说话，说的必是“驱逐外寇，还我山河”之类的话。任何别的声音都是不允许的，尤其是汉奸的声音更不能允许。

国家到了承平时期，政通人和，国泰民安，这时候倒是需要一些怪论。如果仍然禁止人们发出怪论，则所谓一个声音者，往往是统治者制造出来的，是虚假的。“二战”期间，德国和意大利的法西斯是最好的证明。

从世界历史来看，中国的春秋战国时代，怪论最多。有的甚至针锋相对，比如，孟子讲性善，荀子讲性恶，是同一个大学派中的内部矛盾。就是这些异彩纷呈的怪论，各自沿着自己的路数一代一代地发展下去，成为中华民族文化的渊源和基础。

与此时差不多的是西方的希腊古代文明。在那里也是怪论纷呈，发展下来，成为西方文明的渊源和基础。当时东西文明两大瑰宝，东西相对，交相辉映，共同照亮了人类文明发展的前途。这个现象怎样解释，多少年来，东西学者异说层出，各有独到的见解。我于此道只是略知一二，在这里就不谈了。

怪论有什么用处呢？

某一个怪论至少能够给你提供一个看问题的视角。任何问题都会是极其复杂的，必须从各个视角对它加以研究、加以分析，然后才能求得解决的办法。如果事前不加以足够的调查研究，而突然做出决定，其后果实在令人担忧。我们眼前就有这种例子，我在这里不提它了。

现在，我们的国家国势日隆，满怀信心地向世界大国迈进。在好多年以前，我曾预言，21世纪将是中国的世纪。当时我们的国力并不强。我是根据近几百年来，欧美依次显示自己的政治经济力量、科技发展的力量和文化教育的力量而得出的结论。现在轮到我们中国来显示力量了。我预言，五十年后，必有更多的事实证实我的看法，谓予不信，请拭目以待。

我希望，社会上能多出些怪论。

二〇〇三年六月二十五日于301医院

# 谈礼貌

眼下，即使不是百分之百的人，也是绝大多数的人，都抱怨现在社会上不讲礼貌。这是完全有事实做根据的。许多年前，当时我腿脚尚称灵便，出门乘公共汽车的时候多，几乎每一次我都看到在车上吵架的人，甚至动武的人。起因都是微不足道的：你碰了我一下，我踩了你的脚，如此等等。试想，在拥拥挤挤的公共汽车上，谁能不碰谁呢？这样的事情也值得大动干戈吗？

曾经有一段时间，有关的机关号召大家学习几句话："谢谢！""对不起！"，等等，就是针对上述的情况而发的。其用心良苦，然而我心里却觉得不是滋味。一个有五千年文明的堂堂大国竟要学习幼儿园孩子们学说的话，岂不大可哀哉！

有人把不讲礼貌的行为归咎于新人类或新新人类。我并无资格成为新人类的同党，我已经是属于博物馆的人物了。但是，我却要为他们打抱不平。在他们诞生以前，有人早着了先鞭。不过，话又要说回来。新人类或新新人类确实在不讲礼貌方面有所创造，有所前进，他们发扬光大了这种并不美妙的传统，他们

（往往是一双男女）在光天化日之下、车水马龙之中，拥抱接吻，旁若无人，扬扬自得，连在这方面比较不拘小节的老外看了都目瞪口呆，惊诧不已。古人说："闺房之内，有甚于画眉者。"这是两口子的私事，谁也管不着。但这是在闺房之内的事，现在竟几乎要搬到大街上来，虽然还没有到"甚于画眉"的水平，可是已经很可观了。新人类还要新到什么程度呢?

如果一个人孤身住在深山老林中，你愿意怎样都行。可我们是处在社会中，这就要讲究点人际关系。人必自爱而后人爱之。没有礼貌是目中无人的一种表现，是自私自利的一种表现，如果这样的人多了，必然产生与社会不协调的后果。千万不要认为这是个人小事而掉以轻心。

现在国际交往日益频繁，不讲礼貌的恶习所产生的恶劣影响已经不局限于国内，而是会流布全世界。前几年，我看到过一个什么电视片，是由一个意大利著名摄影家拍摄的，主题是介绍北京情况的。北京的名胜古迹当然都包罗无遗，但是，我的眼前忽然一亮：一个光着膀子的胖大汉子骑自行车双手撒把做打太极拳状，飞驰在天安门前宽广的大马路上，给人的形象是野蛮无礼。这样的形象并不多见，然而却没有逃过一个老外的眼光。我相信，这个电视片是会在全世界都放映的。它在外国人心目中会产生什么影响，不是一清二楚了吗?

最后，我想当一个文抄公，抄一段香港《公正报》上的话：

富者有礼高贵，贫者有礼免辱，父子有礼慈孝，兄弟有礼和睦，夫妻有礼情长，朋友有礼义笃，社会有礼祥和。

二〇〇一年一月二十九日

# 论正义

我先说一件小事情：

我到德国以后，不久就定居在一个小城里，住在一座临街的三层楼上。街上平常很寂静，几乎一点声音都没有，只有一排树寂寞地站在那里。但有一天的下午，下面街上却有了骚动。我从窗子里往下一看，原来是两个孩子在打架。一个有十四五岁，另外一个也不过八九岁，两个孩子平立着，小孩子的头只达到大孩子的胸部。无论谁一看就知道，这两个孩子真是势力悬殊，不是对手。果然刚一交手，小孩子已经被打倒在地上，大孩子就骑在他身上，前面是一团散乱的金发，背后是两只舞动着的穿了短裤的腿，大孩子的身躯仿佛一座山似的镇在中间。清脆的手掌打到脸上的声音就拂过繁茂的树枝飘上楼来。

几分钟后，大孩子似乎打得疲倦了，就站了起来，小孩子也随着站起来。大孩子忽然放声大笑，这当然是胜利的笑声。但小孩子也不甘示弱，他也大笑起来，笑声超过了大孩子。

这似乎又伤了大孩子的自尊心，跳上去，一把抓住小孩子的金发，把他按在地上，自己又骑他身上。前面仍然又是一团散乱的金发，背后是两只舞动的腿。清脆的手掌打到脸上的声音又拂过繁茂的树枝飘上楼来。

这时观众愈来愈多，大半是大人，有的把自行车放在路边也来观战，战场四周围满了人。却没有一个人来劝解。等大孩子第二次站起来再放声大笑的时候，小孩子虽然还勉强奉陪，但眼睛里却已经充满了泪。他仿佛是一只遇到狼的小羊，用哀求的目光看着周围的人，但看到的却是一张张含有轻蔑讥讽的脸。他知道从他们那里绝对得不到援助了。抬头猛然看到一辆自行车上有打气的铁管，他跑过去，把铁管抡在手里，预备回来再战。但在这时候却有见义勇为的人们出来干涉了。他们从他手里把铁管夺走，把他申斥了一顿，说他没有勇气，大孩子手里没有武器，他也不许用，结果他又被大孩子按在地上。

我开头就注意到住在对面的一位胖太太在用水擦窗子上的玻璃。大战剧烈的时候，我就把她忘记了。其间她做了些什么事情，我丝毫没看到。等小孩子第三次被按到地上，我正在注视着抓在大孩子手里的小孩子的散乱的金发和在大孩子背后舞动着的双腿，蓦地有一条白光从对面窗子里流出来，我连吃惊都没来得及，再一看，两个孩子身上已经洒满了水，观众也有的沾了光。大孩子就立刻起来，抖掉身上的水，小孩子也跟着爬起来，用手不停地摸头，想把水挤出来。大孩子笑了两声，小孩子也放声狂笑。观众也都大笑着，走散了。

我开头就说到这是一件小事情，但我十几年来多少大事情都忘记了，却偏不能忘记这小事情，而且有时候还从这小事情想了开去，想到许多国家大事。日本占领东北的时候，我正在北平的一个大学里做学生。当时政府对日本一点办法都没有，尽管学生怎样请愿，怎样卧轨绝食，政府却只能搪塞。无论嘴上说得多强硬，事实上却把一切希望都放在国际联盟上，梦想欧美强国能挺身出来主持“正义”。我当时虽然对政府的举措一点都不满意，但我也很天真地相信世界上有“正义”这种东西，而且是可以由人来主持的。我其实并没有思索，究竟什么是“正义”，我只是直觉地觉得这东西很是具体，一点也不抽象神秘。这东西既然有，有人来主持也自然是应当的。中国是弱国，日本是强国，以强国欺侮弱国，我们虽然丢了几省的地方，但有谁会说“正义”不是在我们这边呢？当然会有人替我们出来说话了。

但我很失望，我们的政府也同样失望。我当然很愤慨，觉得欧美列强太不够朋友，明知道“正义”是在我们这边，却只顾打算自己的利害，不来帮忙。我想我们的政府当道诸公也大概有同样的想法，而且一直到现在，事情已经过去十几年了，他们还似乎没有改变想法，他们对所谓“正义”还没有失掉信心。虽然屡次希望别人出来主持“正义”而碰了钉子，他们还仍然在那里做梦，梦到在虚无缥缈的神山那里有那么一件东西叫作“正义”。最近大连问题就是个好例子。

对政府这种坚忍不拔的精神和毅力，我非常佩服。但我更佩服的是政府诸公的固执。我自己现在却似乎比以前聪明点了，我现在已经确切知道了，世界上，除了在中国人的心里以外，并没有“正义”这种东西，我仿佛学佛的人蓦地悟到最高的智慧，心里的快乐没有法子形容。让我得到这样一个奇迹似的“顿悟”的，就是上面说的那一件小事情。

那一件小事情虽然发生在德国，但从那里抽绎出来的教训却对欧美各国都适用。说明白点就是，欧美各国所崇拜的都是强者，他们只对强者有同情，物质方面的强同精神方面的强都一样，而且他们也不管这“强”是怎样造成的。譬如上面说到的那两个孩子，大孩子明明比小孩子大很多岁，身体也高得多，力量当然也强。相形之下，小孩子当然是弱小者，而且对这弱小他自己一点都不能负责任；但德国人却不管这许多。只要大孩子能把小孩子打倒，在他们眼里，大孩子就成了英雄。他们能容许一个大孩子打一个小孩子；但却不容许小孩子利用武器，这是不是因为他们认为倘用武器就不算好汉？或者认为这样就不fair play？这一点我还不十分清楚。

我不是哲学家，但我却想这样谈一个有点近于哲学的问题，我想把上面说的话引申一下，来谈一谈欧洲文明的特点。据我看欧洲文明一个最显著的特点就是力的崇拜，身体的力和智慧的力都在内。这当然不自今日始，在很早的时候，他们已经有了这个倾向，所以他们要征服自然，要到各处去探险，要做别人不敢做的事情。在中世纪的时候，一个法官判决一个罪犯，倘若罪犯不服，他不必像现在这样麻烦，要请律师上诉，他只要求同法官决斗，倘若他胜了，一切判决就都失掉了效用。现在罪犯虽然不允许同法官决斗了，但决斗的风气仍然流行在民间。一提到决斗，他们千余年来制定的很完整的法律就再没有说话的权利，代替法律的是手枪利剑。另外，还可以从一件小事情上看出这种倾向。在德国骂人，倘若应用我们的"国骂"，即便是从妈开始一直骂到三十六代的祖宗，他们也只摇摇头，一点不了解。倘若骂他们是猪、是狗，他们也许会红脸。但倘若骂他们是懦夫（Feigling），他们立刻就会跳起来同你拼命。可见他们认为没有勇气，没有力量是最可耻的事情。反过来说，无论谁，只要有勇气，有力量，他们就崇拜，根本不问这勇气这力量用得是不是合理。谁有力量，"正义"就在谁那里，力量就等于"正义"。

我以前每次读俄国历史，总有那一个问题：为什么那几个比较软弱而温和的皇帝都给人民杀掉，而那几个刚猛暴戾而残酷的皇帝，虽然当时人民怕他们，或者甚至恨他们，然而时代一过就成了人民崇拜的对象？最好的例子就是伊凡四世。他当时残暴无道，拿杀人当儿戏，是一个在心理和生理方面都不正常的人。所以人民给他送了一个外号叫作"可怕的伊凡"。可见当时人民对他的感情并不怎样好。但时间一久，这坏感情全变了，民间产生了许多歌来歌咏甚至赞美这"可怕的伊凡"。在这些歌里，他已经不是"可怕的"，而是为人民所爱戴的人物了。这情形并不限于俄国，在别的地方也可以遇到。譬如希特勒，在他生前固然为人民所爱戴拥护，当他把整个的德国带向毁灭，自己也毁灭了以后，成千万的人没有房子住，没有东西吃；几百年以来宏伟的建筑都烧成了断瓦颓垣；一切文化精华都荡然无存；论理德国人应该怎样恨他，但事实却正相反，我简直没有遇到多少真正恨他的人，这不是有点不可解吗？但倘若我们从上面说到的观点来看，就会觉得这一点都不奇怪了，可怕的伊凡、更可怕的希特勒都是强者，都有力量，力量就等于“正义”。

回来再看我们中国，就立刻可以看出来，我们对“正义”的看法同欧洲人不大相同。我虽然在任何书里还没有找到关于“正义”的定义：但一般人却对“正义”都有一个不成文法的共同看法，只要有正义感的人绝不许一个十四五岁的大孩子打一个八九岁的小孩子。在小说里我们常看到一个豪杰或剑客走遍天下，专打抱不平，替弱者帮忙。虽然一般人未必都能做到这一步；但却没有人不崇拜这样的英雄。中国人因为世故太深，所以弄到“各扫门前雪，不管他人瓦上霜”，有时候不敢公然出来替一个弱者说话。但他们心里却仍然给弱者表同情，这就是他们的正义感。

这正义感当然是好的，但可惜时代变了，我们被拖到现代的以白人为中心的世界舞台上去，又适逢我们自己泄气，处处受人欺侮。我们自己承认是弱者，希望强者能主持“正义”来帮我们的忙。却没有注意，我们心里的“正义”同别人的“正义”完全不是一回事，我们自己虽然觉得“正义”就在我们这里；但在别人眼里，我们却只是可怜的丑角、低能儿。欧美人之所以不帮助我们，并不像我们普通想到的，这是他们的国策。事实上他们看了我们这种猥猥琐琐不争气的样子，从心里感到厌恶。一个敢打欧美人耳光的中国人在欧美心目中的地位比一个只会向他们谄笑鞠躬的高等华人高得多。只有这种人他们才从心里佩服。可惜我们中国人很少有勇气打一个外国人的耳光，只会谄笑鞠躬，虽然心被填满了“正义”，也一点用都没有，仍然是左碰一个钉子，右碰一个钉子，一直碰到现在，还有人在那里做梦，梦到在虚无缥缈的神山那里有那么一件东西叫作“正义”。

我希望我们赶快从这梦里走出来。

一九四八年四月十六日　北京大学

## 谦虚与虚伪

在伦理道德的范畴中，谦虚一向被认为是美德，应该扬；而虚伪则一向被认为是恶习，应该抑。

然而，究其实际，二者间有时并非泾渭分明，其区别间不容发。谦虚稍一过头，就会成为虚伪。我想，每个人都会有这种体会的。

在世界文明古国中，中国是提倡谦虚最早的国家。在中国最古的经典之一的《尚书·大禹谟》中就已经有了“满招损，谦受益，时（是）乃天道”这样的教导，把自满与谦虚提高到“天道”的水平，可谓高矣。从那以后，历代的圣贤无不张皇谦虚，贬抑自满。一直到今天，我们常用的词汇中仍然有一大批与“谦”字有联系的词儿，比如“谦卑”“谦恭”“谦和”“谦谦君子”“谦让”“谦顺”“谦虚”“谦逊”等，可见“谦”字之深入人心，久而愈彰。

我认为，我们应当提倡真诚的谦虚，而避免虚伪的谦虚，后者与虚伪间不容发矣。

可是在这里我们就遇到了一个拦路虎：什么叫“真诚的谦虚”？什么又叫“虚伪的谦虚”？两者之间并非泾渭分明，简直可以说是因人而异，因地而异，因时而异，掌握一个正确的分寸难于上青天。

最突出的是因地而异，“地”指的首先是东方和西方。在东方，比如说中国和日本，提到自己的文章或著作，必须说是“拙作”或“拙文”。在西方各国语言中是找不到相当的词儿的。尤有甚者，甚至可能产生误会。中国人请客，发请柬必须说“洁治菲酌”，不了解东方习惯的西方人就会满腹疑团：为什么单单用“不丰盛的宴席”来请客呢？日本人送人礼品，往往写上“粗品”二字，西方人又会问：为什么不用“精品”来送人呢？在西方，对老师，对朋友，必须说真话，会多少，就说多少。如果你说，这个只会一点点儿，那个只会一星星儿，他们就会信以为真，在东方则不会。这有时会很危险的。至于吹牛之流，则为东西方同样所不齿，不在话下。

可是怎样掌握这个分寸呢？我认为，在这里，真诚是第一标准。虚怀若谷，如果是真诚的话，它会促你永远学习，永远进步。有的人永远“自我感觉良好”，这种人往往不能进步。康有为是一个著名的例子。他自称，年届而立，天下学问无不掌握。结果说康有为是一个革新家则可，说他是一个学问家则不可。较之乾嘉诸大师，甚至清末民初诸大师，包括他的弟子梁启超在内，他在学术上是没有建树的。

总之，谦虚是美德，但必须掌握分寸，注意东西。在东方谦虚涵盖的范围广，不能施之于西方，此不可不注意者。然而，不管东方或西方，必须出之以真诚。有意的过分的谦虚就等于虚伪。

一九九八年十月三日

# 伍……

## 心态平和，不喜不惧

我走过的漫长的道路并不总是铺着玫瑰花的，
有时也荆棘丛生。
我经过山重水复，也经过柳暗花明；
走过阳关大道，也走过独木小桥。

# 九十述怀

杜甫诗："人生七十古来稀。"对旧社会来说，这是完全正确的，因为它符合实际情况。但是，到了今天，老百姓却创造了三句顺口溜："七十小弟弟，八十多来兮，九十不稀奇。"这也是完全正确的，因为它符合实际情况。

但是，对我来说，却另有一番纠葛。我行年九十矣，是不是感到不稀奇呢？答案是：不是，又是。不是者，我没有感到不稀奇，而是感到稀奇，非常稀奇。我曾在很多地方都说过，我在任何方面都是一个没有雄心壮志的人，我不会说大话，不敢说大话，在年龄方面也一样。我的第一本账只计划活四十岁到五十岁。因为我的父母都只活了四十多岁，遵照遗传的规律，遵照传统伦理道德，我不能也不应活得超过了父母。我又哪里知道，仿佛一转瞬间，我竟活过了从心所欲不逾矩之年，又进入了耄耋的境界，要向期颐进军了。这样一来，我能不感到稀奇吗？

但是，为什么又感到不稀奇呢？从目前的身体情况来看，除了眼睛和耳朵有点不算太大的问题和腿脚不太灵便外，自我感觉还是良好的，写一篇一两千字的文章，倚椅可待。待人接物，应对进退，还是“难得糊涂”的。这一切都同十年前，或者更长的时间以前，没有什么两样。李太白诗：“高堂明镜悲白发。”我不但发已全白（有人告诉我，又有黑发长出），而且秃了顶。这一切也都是事实，可惜我不是电影明星，一年照不了两次镜子，那一切我都不视不见。在潜意识中，自己还以为是“朝如青丝”哩。对我这样无知无识、麻木不仁的人，连上帝也没有办法。在这样的情况下，我怎么能不感到稀奇呢？

但是，我自己又觉得，我这种精神状态之所以能够产生，不是没有根据的。我国现行的退休制度，教授年龄是六十岁到七十岁。可是，就我个人而论，在学术研究上，我的冲刺起点是在八十岁以后。开了几十年的会，经过了不知道多少次政治运动，做过不知道多少次自我检查，也不知道多少次对别人进行批判，最后又经历了“十年浩劫”，“对酒当歌，人生几何？”我自己的一生就是这样白白地消磨过去了。如果不是造化小儿对我垂青，制止了我实行自己年龄计划的话，在我八十岁以前（这也算是高寿了）就“遽归道山”，我留给子孙后代的东西恐怕是不会多的。不多也不一定就是坏事。留下一些不痛不痒，灾祸梨枣的所谓著述，对任何人都没有好处。但是，对我自己来说，恐怕就要“另案处理”了。

在从八十岁到九十岁这个十年内，在我冲刺开始以后，颇有一些值得纪念的甜蜜的回忆。在撰写我一生最长的一部长达八十万字的著作《糖史》的过程中，颇有一些情节值得回忆、值得玩味。在长达两年的时间内，我每天跑一趟大图书馆，风雨无阻，寒暑无碍。燕园风光旖旎，四时景物不同。春天姹紫嫣红，夏天荷香盈塘，秋天红染霜叶，冬天六出蔽空。称之为人间仙境，也不为过。然而，在这两年中，我几乎天天都在这样瑰丽的风光中行走。可是我都视而不见，甚至不视不见。未名湖的涟漪，博雅塔的倒影，被外人视为奇观的胜景，也未能逃过我的漠然、懵然、无动于衷。我心中想到的只是大图书馆中的盈室满架的图书，鼻子里闻到的只有那里的书香。

《糖史》的写作完成以后，我又把阵地从大图书馆移到家中来。运筹于斗室之中，决战于几张桌子之上。我研究的对象变成了吐火罗文A方言的《弥勒会见记剧本》。这也不是一颗容易咬的核桃，非用上全力不行。最大的困难在于缺乏资料，而且多是国外的资料。没有办法，只有时不时地向海外求援。现在虽然号称为信息时代，可是我要的信息多是刁钻古怪的东西，一时难以搜寻，我只有耐着性子恭候。舞笔弄墨的朋友，大概都能体会到，当一篇文章正在进行写作时，忽然断了电，你心中真如火烧油浇，然而却毫无办法，只盼喜从天降了，只能听天由命了。此时燕园旖旎的风光，对于我似有似无，心里想到的，切盼的只有海外的来信。如此又熬了一年多，《弥勒会见记剧本》英译本终于在德国出版了。

两部著作完了以后，我平生大愿算是告一段落。痛定思痛，蓦地想到了，自己已是望九之年了。这样的岁数，古今中外的读书人能达到的只有极少数。我自己竟能置身其中，岂不大可喜哉！

我想停下来休息片刻，以利再战。这时就想到，我还有一个家。在一般人心目中，家是停泊休息的最好的港湾。我的家怎样呢？直白地说，我的家就我一个孤家寡人，我就是家，我一个人吃饱了，全家不饿。这样一来，我应该感觉很孤独了吧。然而并不。我的家庭“成员”实际上并不止我一个“人”。我还有四只极为活泼可爱的，一转眼就偷吃东西的，从我家乡山东临清带来的白色波斯猫，眼睛一黄一蓝。它们一点礼节都没有，一点规矩都不懂，时不时地爬上我的脖子，为所欲为，大胆放肆。有一只还专在我的裤腿上撒尿。这一切我不但不介意，而且顾而乐之，让猫们的自由主义恶性发展。

我的家庭“成员”还不只这样多，我还养了两只山大小校友张衡送给我的乌龟。乌龟这玩意儿，现在名声不算太好，但在古代却是长寿的象征。有些人的名字中也使用“龟”字，唐代就有李龟年、陆龟蒙等。龟们的智商大概低于猫们，它们绝不会从水中爬出来爬上我的肩头。但是，龟们也自有龟之乐，当我向它喂食时，它们伸出了脖子，一口吞下一粒，它们显然是愉快的。可惜我遇不到惠施，他绝不会同我争辩，我何以知道龟之乐。

我的家庭“成员”还没有到此为止，我还饲养了五只大甲鱼。甲鱼，在一般老百姓嘴里叫“王八”，是一个十分不光彩的名称，人们讳言之。然而我却堂而皇之地养在大瓷缸内，一视同仁，毫无歧视之心。是不是我神经出了毛病？用不着请医生去检查，我神经十分正常。我认为，甲鱼同其他动物一样有生存的权利。称之为王八，是人类对它的诬蔑，是向它头上泼脏水。可惜甲鱼无知，不会到世界最高法庭上去状告人类，还要要求赔偿名誉费若干美元，而且要登报声明。我个人觉得，人类在新世纪，新千年中最重要的任务是处理好与大自然的关系。恩格斯已经警告过我们，不要过分陶醉于我们对自然界的胜利。对每一次这样的胜利，自然界都报复了我们。一百多年来的历史事实，日益证明了恩格斯警告之正确与准确。在新世纪中，人类首先必须改恶向善，改掉乱吃其他动物的恶习。人类必须遵守宋代大儒张载的话："民，吾同胞；物，吾与也。"把甲鱼也看成是自己的伙伴，把大自然看成是自己的朋友，而不是征服的对象。这样一来，人类庶几能有美妙光辉的前途。至于对我自己，也许有人认为我是《世说新语》中的人物，荒诞不经。如果真正有的话，那就，那就——由它去吧。

再继续谈我的家和我自己。

我在"十年浩劫"中，自己跳出来反对那位倒行逆施的"老佛爷"，被打倒在地，被戴上了无数顶莫须有的帽子，天天被打、被骂。最初也只觉得滑稽可笑。但"谎言说上一千遍，就变成了真理"，最后连我自己都怀疑起来了："此身合是坏人未？泪眼迷离问苍天。"其实我并没有那么坏，但在许多人眼中，我已经成了一个“不可接触者”。

然而，世事多变，人间正道。不知道是怎么一来，我竟转身一变成了一个“极可接触者”。我常以知了自比。知了的幼虫最初藏在地下，黄昏时爬上树干，天一明就脱掉了旧壳，长出了翅膀，长鸣高枝，成了极富诗意的虫类，引得诗人“倚杖柴门外，临风听暮蝉”了。我现在就是一只长鸣高枝的蝉，名声四被，头上的桂冠比“文革”中头上戴的高帽子还要高出很多，有时候我自己都觉得脸红。其实我自己深知，我并没有那么好。然而，我这样发自肺腑的话，别人是不会相信的。这样一来，我虽孤家寡人，其实家里每天都是热闹非凡。有一位多年的老同事，天天到我家里来“打工”，处理我的杂务，照顾我的生活，最重要的事情是给我读报、读信，因为我眼睛不好。还有，就是同不断打电话来或者亲自登门来的自称是我的“崇拜者”的人们打交道。学校领导因为觉得我年纪已大，不能再招待那么多的来访者，在我门上贴出了通告，想制约一下来访者的袭来，但用处不大，许多客人都视而不见，照样敲门不误。有少数人竟在门外荷塘边上等上几个钟头。除了来访者打电话者外，还有扛着沉重的录像机而来的电视台的导演和记者，以及每天都收到的数量颇大的信件和刊物。有一些年轻的大中学生，把我看成了有求必应的土地爷，或者能预言先知的季铁嘴，向我请求这请求那，向我倾诉对自己父母都不肯透露的心中的苦闷。这些都要我那位“打工”的老同事来处理，我那位打工者此时就成了拦驾大使。想尽花样，费尽唇舌，说服那些想来采访，想来拍电视的好心和热心又诚心的朋友，请他们少安毋躁。这是极为繁重而困难的工作，我能深切体会。其忙碌困难的情况，我是能理解的。

最让我高兴的是，我结交了不少新朋友。他们都是著名的书法家、画家、诗人、作家、教授。我们彼此之间，除了真挚的感情和友谊之外，绝无所求于对方。我是相信缘分的，“有缘千里来相会，无缘对面不相识”，缘分是说不明道不白的东西，但又确实存在。我相信，我同朋友之间就是有缘分的。我们一见如故，无话不谈。没见面时，总惦记着见面的时间；既见面则如鱼得水，心旷神怡；分手后又是朝思暮想，忆念难忘。对我来说，他们不是亲属，胜似亲属。有人说：“人生得一知己足矣。”我得到的却不只是一个知己，而是一群知己。有人说我活得非常滋润。此情此景，岂是“滋润”二字可以了得！

我是一个呆板保守的人，秉性固执。几十年养成的习惯，我决不改变。一身卡其布的中山装，国内外不变，季节变化不变，别人认为是老顽固，我则自称是“博物馆的人物”，以示“抵抗”，后发制人。生活习惯也决不改变。四五十年来养成了早起的习惯，每天早晨四点半起床，前后差不了五分钟。古人说“黎明即起”，对我来说，这话夏天是适合的；冬天则是在黎明之前几个小时，我就起来了。我五点吃早点，可以说是先天下之早点而早点，吃完立即工作。我的工作主要是爬格子。几十年来，我已经爬出了上千万的字。这些东西都值得爬吗？我认为是值得的。我爬出的东西不见得都是精金粹玉，都是甘露醍醐，吃了能让人升天成仙，但是其中绝没有毒药，绝没有假冒伪劣，读了以后至少能让人获得点享受，能让人爱国、爱乡、爱人类、爱自然、爱儿童、爱一切美好的东西。总之一句话，能让人在精神境界中有所受益。我常常自己警告说：人吃饭是为了活着，但活着绝不是为了吃饭。人的一生是短暂的，绝不能白白把生命浪费掉。如果我有一天工作没有什么收获，晚上躺在床上就疚愧难安，认为是慢性自杀。爬格子有没有名利思想呢？坦白地说，过去是有的。可是到了今天名利对我都没有什么用处了，我之所以仍然爬，是出于惯性，其他冠冕堂皇的话，我说不出。“爬格不知老已至，名利于我如浮云”，或可能道出我现在的心情。

你想到过死没有呢？我仿佛听到有人在问。好，这话正问到节骨眼上。是的，我想到过死，过去也曾想到死，现在想得更多而已。在“十年浩劫”中，在1967年，一个千钧一发般的小插曲使我避免了走上“自绝于人民的”道路。从那以后，我认为，我已经死过一次，多活一天，都是赚的，到现在已经三十多年了，我真赚了个满堂满贯，真成为一个特殊的大富翁了。但人总是要死的，在这方面，谁也没有特权，没有豁免权。虽然常言道“黄泉路上无老少”，但是老年人毕竟有优先权。燕园是一个出老寿星的宝地。我虽年届九旬，但按照年龄顺序排队，我仍落在十几名之后。我曾私自发下宏愿大誓：在向八宝山的攀登中，我一定按照年龄顺序鱼贯而登，决不抢班夺权，硬去加塞。至于事实究竟如何，那就请听下回分解了。

既然已经死过一次，多少年来，我总以为自己已经参悟了人生。我常拿陶渊明的四句诗当作座右铭："纵浪大化中，不喜亦不惧，应尽便须尽，无复独多虑。"现在才逐渐发现，我自己并没能完全做到。常常想到死，就是一个证明，我有时幻想，自己为什么不能像朋友送给我摆在桌上的奇石那样，自己没有生命，但也绝不会有死呢？我有时候也幻想：能不能让造物主勒住时间前进的步伐，让太阳和月亮永远明亮，地球上一切生物都停住不动，不老呢？哪怕是停上十年八年呢？大家千万不要误会，认为我怕死怕得要命，绝不是那样。我早就认识到，永远变动，永不停息，是宇宙的根本规律，要求不变是荒唐的。万物方生方死，是至理名言。江文通《恨赋》中说："自古皆有死，莫不饮恨而吞声。"那是没有见地的庸人之举，我虽庸陋，水平还不会那样低。即使我做不到热烈欢迎大限之来临，我也绝不会饮恨吞声。

但是，人类是心中充满了矛盾的动物，其他动物没有思想，也就不会有这样多的矛盾。我忝列人类的一分子，心里面的矛盾总是免不了的。我现在是一方面眷恋人生，另一方面却又觉得，自己活得实在太辛苦了，我想休息一下了。我向往庄子的话："大块载我以形，劳我以生。"大家千万不要误会，以为我就要自杀。自杀那玩意儿我绝不会再干了。在别人眼中，我现在活得真是非常非常惬意了。不虞之誉，纷至沓来；求全之毁，几乎绝迹。我所到之处，见到的只有笑脸，感到的只有温暖。时时如坐春风，处处如沐春雨，人生至此，实在是真应该满足了。然而，实际情况却并不完全这样惬意。古人说：“不如意事常八九。”这话对我现在来说也是适用的。我时不时地总会碰到一些令人不愉快的事情，让自己的心情半天难以平静。即使在春风得意中，我也有自己的苦恼。我明明是一头瘦骨嶙峋的老牛，却有时被认成是日产鲜奶千磅的硕大的肥牛。已经挤出了奶水五百磅，还求索不止，认为我打了埋伏。其中情味，实难向外人道也。这逼得我不能不想到休息。

我现在不时想到，自己活得太长了，快到一个世纪了。九十年前，山东临清县一个既穷又小的官庄出生了一个野小子，竟走出了官庄，走出了临清，走到了济南，走到了北京，走到了德国；后来又走遍了几个大洲，几十个国家。如果把我的足迹画成一条长线的话，这条长线能绕地球几周。我看过埃及的金字塔，看过两河流域的古文化遗址，看过印度的泰姬陵，看过非洲的撒哈拉大沙漠，以及国内外的许多名山大川。我曾住过总统府之类的豪华宾馆，会见过许多总统、总理一级的人物，在流俗人的眼中，真可谓极风光之能事了。然而，我走过的漫长的道路并不总是铺着玫瑰花的，有时也荆棘丛生。我经过山重水复，也经过柳暗花明；走过阳关大道，也走过独木小桥。我曾到阎王爷那里去报到，没有被接纳，终于曲曲折折、颠颠簸簸、坎坎坷坷、磕磕碰碰，走到了今天。现在就坐在燕园朗润园中一个玻璃窗下，写着《九十述怀》，窗外已是寒冬。荷塘里在夏天接天映日的荷花，只剩下干枯的残叶在寒风中摇曳。玉兰花也只留下光秃秃的枝干在那里苦撑。但是，我知道，我仿佛看到荷花蜷曲在冰下淤泥里做着春天的梦，玉兰花则在枝头梦着“春意闹”。它们都在活着，只是暂时地休息，养精蓄锐，好在明年新世纪，新千年中开出更多更艳丽的花朵。

我自己当然也在活着。可是我活得太久了，活得太累了。歌德暮年在一首著名的小诗中想到休息。我也真想休息一下了。但是，这是绝对不可能的。我就像鲁迅笔下的那一位“过客”那样，我的任务就是向前走、向前走。前方是什么地方呢？老翁看到的是坟墓，小女孩看到的是野百合花。我写《八十述怀》时，看到的是野百合花多于坟墓，今天则倒了一个个儿，坟墓多而野百合花少了。不管怎样，反正我是非走上前去不行的，不管是坟墓，还是野百合花，都不能阻挡我的步伐。冯友兰先生的“何止于米”，我已经越过了“米”的阶段。下一步就是“相期以茶”了。我觉得，我目前的选择只有眼前这一条路，这一条路并不遥远。等到我十年后再写《百岁述怀》的时候，那就离“茶”不远了。

二〇〇〇年十二月二十日

# 老马识途

无论是在文章中，还是在口头上，“老马识途”是常常使用的一个典故。由于使用的频率颇高，所以变成了一句俗语。

这个典故的出处是《韩非子·说林上》，与管仲和齐桓公有关。有一次齐桓公伐孤竹，“春往冬反，迷惑失道。管仲曰：‘老马之智可用也。’乃放老马而随之，遂得道。”不管历史事实怎样，老马的故事是绝对可信的，不但马能识途，连驴、骡、猫、狗等动物都有识途的本领或者本能。

但是，切不可迷信。

在古代，老马等之所以能够识途，因为它们老走同一条道路，而古代道路的变化很少，道路两旁的建筑物变化也不会大。久而久之，这些牲畜就记住了。只要把缰绳放开，让它们自由行动，它们必然能找到回家的道路。也许这些牲畜还有什么“特异功能”，我没有研究过，暂且不说。

但是，人类社会前进的速度越来越快，道路和建筑物的变化也越来越大。到了今天，简直一日数变。住在大城市里的人，三天不出门，再一出门，就有可能认不清街道。原来是一片空地，现在却像幻术一样，突然矗立在你的眼前的是一座摩天高楼。原来是一条羊肠小道，现在却突然变成了一条柏油马路。你会晕头转向，这不必说了。即使老马一流的动物真有“特异功能”，也将无所用其技了。

我就有一个亲身的经验。有一天我走出北大南门到黄庄邮局去。我在海淀已经住了将近半个世纪，是这里的一匹地地道道的“老马”。我也颇有自信：即使把我的眼蒙住，我也能够找回家来。然而，这一回我却出了丑，现了眼。我走了一条新路，一走出去，是一条大马路，车如流水马如龙。我一时傻了眼：这是什么地方呀？我的黄庄在哪里呀！我一时目眩口呆，只觉得天昏地转，大有白天“鬼挡墙”之感。我好不容易定了定神，猛抬头看到马路上驶过去的332路公共汽车，我才如梦方醒，终于安全地走回到学校。

像我这样一匹“老马”，脑筋是“难得糊涂”的，眼耳都还能准确地使用，然而在距北大咫尺之地竟然栽了这样一个跟头。这个跟头在我心中摔出了一个“顿悟”。我悟到，千万不要再迷信老马识途，千万不要在任何方面，包括研究学问方面以老马自居。到了现在，我觉得倒是“小马识途”。因为年轻人无所蔽，无所惧，常常出门，什么摩天大楼，什么柏油马路，在他们眼中都很平常。

我们这些“老马”千万要向“小马”学习。

# 老年谈老

老年谈老，就在眼前，然而谈何容易！

原因何在呢？原因就在，自己有时候承认老，有时候又不承认，真不知道从何处谈起。

记得很多年以前，自己还不到六十岁的时候，有人称我为季老，心中颇有反感，应之逆耳，不应又不礼貌，左右两难，极为尴尬。然而曾几何时，在不知不觉中，渐渐地听得入耳了，有时甚至还有点儿甜蜜感。自己吃了一惊：原来自己真是老了，而且也承认老了。至于这个大转变是从什么时候开始的，自己有点儿茫然懵然，我正在推敲而且研究。

不管怎样，一个人承认老是并不容易的。我的一位九十岁出头的老师有一天对我说，他还不觉得老，其他可知了。我认为，在这里关键是一个“渐”字。若干年前，我读过丰子恺先生一篇含有浓厚哲理的散文，讲的就是这个渐字。这个字有大神通力，它在人生中的作用绝不能低估。人们有了忧愁痛苦，如果不渐渐地淡化，则一定会活不下去的。人们逢到极大的喜事，如果不渐渐地恢复平静，则必然会忘乎所以，高兴得发狂。人们进入老境，也是逐渐感觉到的。能够感觉到老，其妙无穷。人们渐渐地觉得老了，从积极方面来讲，它能够提醒你：一个人的岁月绝不是取之不尽、用之不竭的，应该抓紧时间，把想做的事情做完、做好，免得无常一到，后悔无及。从消极方面来讲，一想到自己的年龄，那些血气方刚时干的勾当就不应该再去硬干。个别喜欢争名于朝、争利于市的人，或许也能收敛一点儿。老之为用大矣哉！

我自己是怎样对待老年的呢？说来也颇为简单。我虽年届耄耋，内部零件也并不都非常健全，但是我处之泰然，我认为，人上了年纪，有点儿这样那样的病，是合乎自然规律的，用不着大惊小怪。如果年老了，硬是一点儿病都没有，人人活上二三百岁，甚至更长的时间，那么今日狂呼老龄社会者，恐怕连嗓子也会喊哑，而且吓得浑身发抖，连地球也会被压塌的。我不想做长生的梦。我对老年，甚至对人生的态度是道家的。我信奉陶渊明的两句诗：

> 纵浪大化中，
> 不喜亦不惧。

这就是我对待老年的态度。

看到我已经有了一把年纪，好多人都问我：“有没有什么长寿秘诀。”我的答复是：“我的秘诀就是没有秘诀，或者不要秘诀。”我常常看到有些相信秘诀的人，禁忌多如牛毛。这也不敢吃，那也不敢尝，比如，吃鸡蛋只吃蛋清，不吃蛋黄，因为据说蛋黄胆固醇高；动物内脏绝不入口，同样因为胆固醇高。有的人吃一个苹果要消三次毒，然后削皮；削皮用的刀子还要消毒，不在话下；削了皮以后，还要消一次毒，此时苹果已经毫无苹果味道，只剩下消毒药水的味了。从前有一位化学系的教授，吃饭要仔细计算卡路里的数量，再计算维生素的数量，吃一顿饭用的数学公式之多等于一次实验。结果怎样呢？结果每月饭费超过别人十倍，而人却瘦成一只干巴鸡。一个人到了这个地步，还有什么人生之乐呢？如果再戴上放大百倍的显微镜眼镜，则所见者无非细菌，试问他还能活下去吗？

至于我自己呢，我绝不这样做，我一无时间，二无兴趣。凡是我觉得好吃的东西我就吃，不好吃的我就不吃，或者少吃，卡路里、维生素，统统见鬼去吧。心里没有负担，胃口自然就好，吃进去的东西都能很好地消化。再辅之以腿勤、手勤、脑勤，自然百病不生了。脑勤我认为尤其重要。如果非要让我讲出一个秘诀不可的话，那么我的秘诀就是：千万不要让脑筋懒惰，脑筋要永远不停地思考问题。

我已年届耄耋，但是，专就北京大学而论，倚老卖老，我还没有资格。在教授中，按年龄排队，我恐怕还要排到二十多位以后。我幻想眼前有一个按年龄顺序排列的向八宝山进军的北大教授队伍。我后面的人当然很多，但是向前看，我还算不上排头，心里颇得安慰，并不着急。可是偏有一些排在我后面的，比我年轻的人，风风火火，抢在我前面，越过排头，登上山去。我心里实在非常惋惜，又有点儿怪他们，今天我国的平均寿命已经超过七十岁，比1949年前增加了一倍，你们正在精力旺盛时期，为国效力，正是好时机，为什么非要抢先登山不可呢？这我无法阻拦，恐怕也非本人所愿。不过我已下定决心，绝不抢先加塞儿。

不抢先加塞儿活下去，目的何在呢？要干些什么事呢？我一向有一个自己认为是正确的看法：人吃饭是为了活着，但活着却不是为了吃饭。到了晚年，更是如此。我还有一些工作要做，这些工作对人民、对祖国都还是有利的。不管这个利是大是小，我都要把这些工作做完，同时还要再给国家培养一些人才。我仍然要老老实实干活，清清白白做人；绝不干对不起祖国和人民的事；要尽量多为别人着想，少考虑自己的得失。人过了八十，金钱富贵等同浮云，要多为下一代操心，少考虑个人名利，写文章绝不剽窃抄袭，欺世盗名。等到非走不可的时候，就顺其自然，坦然离去，无愧于个人良心，则吾愿足矣。

要说的话已经说完，但是我还想借这个机会发点儿牢骚。我在上面提到“老龄社会”这个词。这个概念我是懂得的，有一些措施我也是赞成的。什么干部年轻化、教师年轻化，我都举双手赞成。但是我对报纸上天天大声叫嚷老龄社会，却有极大的反感。好像人一过六十就成了社会的包袱，成了阻碍社会进步的绊脚石，我看有点儿危言耸听，不知道用意何在。我自己已是老人，我也观察过许多别的老人。他们中游手好闲者有之，躺在医院里不能动的有之，天天提鸟笼、持钓竿者有之，如此等等，不一而足。但这只是少数，并不是老人的全部。还有不少老人虽然已经寿登耄耋，年逾期颐，向着米寿甚至茶寿进军，但仍然勤勤恳恳，焚膏继晷，兀兀穷年，难道这样一些人也算是社会的包袱吗？我倒不一定赞成“姜是老的辣”这样一句话。年轻人朝气蓬勃，是未来希望之所在，让他们登上要路津，是完全必要的。但是对老年人也不必天天絮絮叨叨，耳提面命：你们已经老了！你们已经不行了！对老龄社会的形成，你们不能辞其咎呀！这样做有什么用处呢？随着生活的日益改善，人们的平均寿命还要提高，将来老年人在社会中所占的比例还要提高。即使你认为这是一件坏事，你也没有法子改变。听说从前钱玄同先生主张，人过四十一律枪毙。这只是愤激之词，有人作诗讽刺他自己也活过了四十而照样活下去。我们有人老是为社会老龄化担忧，难道能把六十岁以上的人统统赐自尽吗？老龄化同人口多不是一码事。担心人口爆炸，用计划生育的办法就能制止。老龄化是自然趋势，而且无法制止。既然无法制止，就不必瞎嚷，这是徒劳无益的。我总怀疑，老龄化这玩意儿也是从外国进口的舶来品。西方人有同我们不同的伦理概念。我们大可不必东施效颦。质诸高明，以为如何？

牢骚发完，文章告终，过激之处，万望包容。

# 容忍

人处在家庭和社会中，有时候恐怕需要讲点容忍的。

唐朝有一个姓张的大官，家庭和睦，美名远扬，一直传到了皇帝的耳中。皇帝赞美他治家有道，问他道在何处，他一气写了一百个“忍”字。这说得非常清楚：家庭中要互相容忍，才能和睦。这个故事非常有名。在旧社会，新年贴春联，只要门楣上写着“百忍家声”就知道这一家一定姓张。中国姓张的全以祖先的容忍为荣了。

但是容忍也并不容易。1935年，我乘西伯利亚铁路的火车经苏联赴德国，车过中苏边界上的满洲里，停车四小时，由苏联海关检查行李。这是无可厚非的，入国必须检查，这是世界公例。但是，当时的苏联大概认为，我们这一帮人，从一个资本主义国家到另一个资本主义国家，恐怕没有好人，必须严查，以防万一。检查其他行李，我绝无意见。但是，在哈尔滨买的一把最粗糙的铁皮壶，却成了被检查的首要对象。这里敲敲，那里敲敲，薄薄的一层铁皮绝藏不下一颗炸弹的，然而他却敲打不止。

我真有点无法容忍，想要发火。我身旁有一位年老的老外，是与我们同车的，看到我的神态，在我耳旁悄悄地说了句：Patience is the great virtue（容忍是很大的美德）。我对他微笑，表示致谢。我立即心平气和，天下太平。

看来容忍确是一件好事，甚至是一种美德。但是，我认为，也必须有一个界限。我们到了德国以后，就碰到这个问题。旧时欧洲流行决斗之风，谁污辱了谁，特别是谁的女情人，被污辱者一定要提出决斗，或用手枪，或用剑。普希金就是在决斗中被枪打死的。我们到了的时候，此风已息，但仍发生。我们几个中国留学生相约：如果外国人污辱了我们自身，我们要揣度形势，主要要容忍，以东方的恕道克制自己。但是，如果他们污辱我们的国家，则无论如何也要同他们玩儿命，绝不容忍。这就是我们容忍的界限。幸亏这样的事情没有发生，否则我就活不到今天在这里舞笔弄墨了。

现在我们中国人的容忍水平，看了真让人气短。在公共汽车上，挤挤碰碰是常见的现象。如果碰了或者踩了别人，连忙说一声："对不起！"就能够化干戈为玉帛。然而有不少人连"对不起"都不会说了，于是就相吵相骂，甚至于扭打，甚至打得头破血流。我们这个伟大的民族怎么竟变成了这个样子！我在自己心中暗暗祝愿：容忍兮，归来！

一九九六年十二月十七日

# 忘

记得曾在什么地方听过一个笑话。一个人善忘，一天，他到野外去出恭。任务完成后，却找不到自己的腰带了，出了一身汗，好歹找到了，大喜过望，说道："今天运气真不错，平白无故地捡了一条腰带！"一转身，不小心，脚踩到了自己刚才拉出来的屎堆上，于是勃然大怒："这是哪一条混账狗在这里拉了一泡屎？"

这本来是一个笑话，在我们现实生活中，这种人未必会有的。但是，人一老，就容易忘事、糊涂，却是经常见到的事。

我认识一位著名的画家，本来是并不糊涂的，但是，年过八旬以后，却慢慢地忘事、糊涂起来。我们将近半个世纪以前就认识了，颇能谈得来，而且平常也还是有些接触的。然而，最近几年来，每次见面，他把我的尊姓大名完全忘了，从眼镜后面流露出来的淳朴宽厚的目光，落到我的脸上，其中饱含着疑惑的神气。我连忙说："我是季羡林，是北京大学的。"他点头称是。但是，过了没有五分钟，他又问我："你是谁呀？！"我敬谨回答如上。在每一次会面中，尽管时间不长，这样尴尬的局面总会出现几次。我心里想：老友确是老了！

有一年，我们邂逅在香港。一位有名的企业家设盛宴，宴嘉宾。香港著名的人物参加者为数颇多，比如饶宗颐、邵逸夫、杨振宁等先生都在其中。宽敞典雅、雍容华贵的宴会厅里，一时珠光宝气，璀璨生辉，可谓极一时之盛。至于菜肴之精美，服务之周到，自然更不在话下了。我同这一位画家老友都是主宾，被安排在主人座旁。但是正当觥筹交错、逸兴遄飞之际，他忽然站了起来，转身要走，他大概认为宴会已经结束，到了拜拜的时候了。众人愕然，他夫人深知内情，赶快起身，把他拦住，又拉回到座位上，避免了一场尴尬的局面。

前几年，中国敦煌吐鲁番学会在富丽堂皇的北京图书馆的大报告厅里举行年会。我这位画家老友是敦煌学界的元老之一，获得了普遍的尊敬。按照中国现行的礼节，必须请他上主席台并且讲话。但是，这却带来了困难。像许多老年人一样，他脑袋里刹车的部件似乎老化失灵，一说话，往往像开汽车一样，刹不住车，说个不停，没完没了。会议是有时间限制的，听众的忍耐也绝非无限。在这危难之际，我同他的夫人商议，由她写一个简短的发言稿，往他口袋里一塞，叮嘱他念完就算完事，不悖行礼如仪的常规。然而他一开口讲话，稿子之事早已忘到九霄云外，看样子是打算从盘古开天辟地讲。照这样下去，讲上几千年，也讲不到今天的会，到了听众都变成了化石的时候，他也许才讲到春秋战国！我心里急如热锅上的蚂蚁，忽然想到：按既定方针办。我请他的夫人上台，从他的口袋掏出了讲稿，耳语了几句。他恍然大悟，点头称是，把讲稿念完，回到原来的座位。于是一场惊险才化险为夷，皆大欢喜。

我比这位老友小六七岁。有人赞我耳聪目明，实际上是耳欠聪，目欠明。如人饮水，冷暖自知，其中滋味，实不足为外人道也。但是，我脑袋里的刹车部件，虽然老化，尚可使用。再加上我有点自知之明，我的新座右铭是：老年之人，刹车失灵，戒之在说。一向奉行不违，还没有碰到下不了台的窘境。在潜意识中颇有点沾沾自喜了。

然而我的记忆机构也逐渐出现问题。虽然还没有达到画家老友那样“神品”的水平，也已颇有可观。在这方面，我是独辟蹊径，创立了有季羡林特色的“忘”的学派。

我一向对自己的记忆力，特别是形象的记忆，是颇有一点自信的。四五十年前，甚至六七十年前的一个眼神、一个手势，至今记忆犹新，招之即来，显现在眼前、耳旁，如见其形，如闻其声，移到纸上，即成文章。可是，最近几年以来，古旧的记忆尚能保存，对眼前非常熟的人，见面时往往忘记了他的姓名。在第一瞥中，他的名字似乎就在嘴边、舌上，然而一转瞬间，不到十分之一秒，这个呼之欲出的姓名就蓦地隐藏了起来，再也说不出了。说不出，也就算了，这无关宇宙大事、国家大事，甚至个人大事，完全可以置之不理的。而且脑袋里断了的保险丝，还会接上的。些许小事，何必介意？然而不行，它成了我的一块心病。我像着了魔似的，走路，看书，吃饭，睡觉，只要思路一转，立即想起此事。好像是如果想不出来，自己就无法活下去，地球就停止了转动。我从字形上追忆，没有结果；我从发音上追忆，结果杳然。最怕半夜里醒来，本来睡得香香甜甜，如果没有干扰，保证一夜幸福。然而，像电光石火一闪，名字问题又浮现出来。古人常说的平旦之气是非常美妙的，然而此时却美妙不起来了。我辗转反侧，瞪着眼一直瞪到天亮，其苦味实不足为外人道也。但是，不知道是哪一位神灵保佑，脑袋又像电光石火似的忽然一闪，他的姓名一下子出现了。古人形容快乐常说“洞房花烛夜，金榜题名时”，差可同我此时的心情相比。

这样小小的悲喜剧，一出刚完，又会来第二出，有时候对于同一个人的姓名，竟会上演两出这样的戏，而且出现的频率还是越来越多。自己不得不承认，自己确实是老了。郑板桥说：“难得糊涂。”对我来说，并不难得，我于无意中得之，岂不快哉！

然而忘事糊涂就一点好处都没有吗？

我认为，有的，而且很大。自己年纪越来越老，对于“忘”的评价却越来越高，高到了宗教信仰和哲学思辨的水平。苏东坡的词说：“人有悲欢离合，月有阴晴圆缺，此事古难全。”他是把悲和欢、离和合并提。然而古人说：不如意事常八九。这是深有体会之言。悲总是多于欢，离总是多于合，几乎每个人都是这样。如果造物主——如果真有的话——不赋予人类以“忘”的本领——我宁愿称之为本能，那么，我们人类在这么多的悲和离的重压下，能够活下去吗？我常常暗自胡思乱想：造物主这玩意儿（用《水浒传》的词儿，应该说是“这话儿”）真是非常有意思。他（她？它？）既严肃，又油滑；既慈悲，又残忍。老子说：“天地不仁，以万物为刍狗。”这话真说到了点子上。人生下来，既能得到一点乐趣，又必须忍受大量的痛苦，后者所占的比重要多得多。如果不能“忘”，或者没有“忘”这个本能，那么痛苦就会时时刻刻都新鲜生动，时时刻刻像初产生时那样剧烈残酷地折磨着你，这是任何人都无法忍受下去的。然而，人能“忘”，渐渐地从剧烈到淡漠，再淡漠，再淡漠，终于只剩下一点残痕；有人，特别是诗人，甚至爱抚这一点残痕，写出了动人心魄的诗篇，这样的例子，文学史上还少吗？

因此，我必须给赋予我们人类“忘”的本能的造化小儿大唱赞歌。试问，世界上哪一个圣人、贤人、哲人、诗人、阔人、猛人、这人、那人，能有这样的本领呢？

我还必须给“忘”大唱赞歌。试问：如果人人一点都不忘，我们的世界会成什么样子呢？

遗憾的是，我现在尽管在“忘”的方面已经建立了有季羡林特色的学派，可是自谓在这方面仍是钝根。真要想达到我那位画家朋友的水平，仍须努力。如果想达到我在上面说的那个笑话中人的境界，仍是可望而不可即。但是，我并不气馁，我并没有失掉信心，有朝一日，我总会达到的。勉之哉！勉之哉！

一九九三年七月六日

# 成功

什么叫成功？顺手拿来一本《现代汉语词典》，上面写道：“成功：获得预期的结果。”言简意赅，明白之至。

但是，谈到“预期”，则错综复杂，纷纭混乱。人人每时每刻每日每月都有大小不同的预期，有的成功，有的失败，总之是无法界定，也无法分类，我们不去谈它。

我在这里只谈成功，特别是成功之道。这又是一个极大的题目，我却只是小做。积七八十年之经验，我得到了下面这个公式：

天资+勤奋+机遇=成功

“天资”，我本来想用“天才”；但天才是个稀见现象，其中不少是“偏才”，所以我弃而不用，改用“天资”，大家一看就明白。这个公式实在是过分简单化了，但其中的含义是清楚的。搞得太烦琐，反而不容易说清楚。

谈到天资，首先必须承认，人与人之间天资是不相同的，这是一个事实，谁也否定不掉。“十年浩劫”中，自命天才的人居然号召大批天才，葫芦里卖的是什么药，至今不解。到了今天，学术界和文艺界自命天才的人颇不稀见，我除了羡慕这些人“自我感觉过分良好”外，不敢赞一词。对于自己的天资，我看，还是客观一点好，实事求是一点好。

至于勤奋，一向为古人所赞扬。囊萤、映雪、悬梁、刺股等故事流传了千百年，家喻户晓。韩文公的“焚膏油以继晷，恒兀兀以穷年”，更为读书人所向往。如果不勤奋，则天资再高也毫无用处。事理至明，无待饶舌。

谈到机遇，往往为人所忽视。它其实是存在的，而且有时候影响极大。就以我自己为例，如果清华不派我到德国去留学，则我的一生完全不会像现在这个样子。

把成功的三个条件拿来分析一下，天资是由“天”来决定的，我们无能为力。机遇是不期而来的，我们也无能为力。只有勤奋一项完全是我们自己决定的，我们必须在这一项上狠下功夫。在这里，古人的教导也多得很。还是先举韩文公。他说：“业精于勤，荒于嬉；行成于思，毁于随。”这两句话是大家都熟悉的。

王静安在《人间词话》中说：“古今之成大事业大学问者必经过三种之境界。‘昨夜西风凋碧树，独上高楼，望尽天涯路。’此第一境也。‘衣带渐宽终不悔，为伊消得人憔悴。’此第二境也。‘众里寻他千百度，蓦然回首，那人却在，灯火阑珊处。’此第三境也。”静安先生第一境写的是预期，第二境写的是勤奋，第三境写的是成功。其中没有写天资和机遇。我不敢说，这是他的疏漏，因为写的角度不同。但是，我认为，补上天资与机遇，似更为全面。我希望，大家都能拿出“衣带渐宽终不悔”的精神来从事做学问或干事业，这是成功的必由之路。

二〇〇〇年一月七日

# 公德

什么叫公德？查一查字典，解释是：公共道德。这等于没有解释。继而一想，也只能这样。字典毕竟不是哲学教科书，也不是法律大全。要求它做详尽的解释，是不切实际的。

先谈事实。

我住在燕园最北部，北墙外，只隔一条马路，就是圆明园。门前有清塘一片，面积仅次于未名湖。时值初夏，湖水潋滟，波平如镜。周围垂杨环绕，柳色已由鹅黄转为嫩绿，衬上后面杨树的浓绿，浓淡分明，景色十分宜人。北大人口中称之为“后湖”。因为僻远，学生来者不多，所以平时显得十分清静。为了有利于居住者纳凉，学校特安上了木制长椅十几个，环湖半周。现在每天清晨和黄昏，椅子上总是坐满了人。据知情人的情报，坐者多非北大人，多来自附近的学校，甚至是外地来的游人。

这样一个人间仙境，能吸引外边的人来，我们这里的居民，谁也不会反对，有时还会窃喜。我们家住垂杨深处，却如入芝兰之室，久而不闻其香。有外来人来共同分享，焉得而不知喜呢？

然而且慢。这里不都是芝兰，还有鲍鱼。每天10点，玉洁来我家上班时，我们有时候也到湖边木椅上小坐。几乎每次都看到椅前地上，铺满了瓜子皮、烟头，还有不同颜色的垃圾。有时候竟有饭盒的残骸，里面吐满了鸡骨头和鱼刺。还有各种水果皮，狼藉满地，看了令人头痛生厌，屁股再也坐不下去。有一次我竟看到，附近外国专家招待所的一对外国夫妇，手持塑料袋和竹夹，在椅子前面，弯腰曲背，捡地上的垃圾。我们的脸腾的一下子红了起来。看了这种情况，一个稍有心的中国人，谁还能无动于衷呢？我于是同玉洁约好：明天我们也带塑料袋和竹夹子来捡垃圾，企图给中国人挽回一点儿面子。捡这些垃圾并不容易。大件的好办，连小件的烟头也并不困难。最难捡的是瓜子皮，体积小而薄，数量多而广，吐在地上，脚一踩，就与泥土合二而一，一个个从泥土中抠出来，真是煞费苦心。捡不多久，就腰酸腿痛、气喘吁吁了。本来是想出来纳凉的，却带一身臭汗回家。但我们心里却是高兴的，因为我们为我们国家做了一件小到不能再小的事情。此外，我们也有“同志”。一位邻居是新华社退休老干部，他同我们一样，对这种现象看不下去。有一次，我们看到他赤手空拳捡垃圾。吾道不孤，我们更高兴了。

中华民族是伟大的民族，这一点，全世界谁也不敢否认。可是，到了今天，出于种种原因，一部分人竟然沦落到不知什么是公德，实在是给我们脸上抹黑。现在许多有识之士高呼提高人民素质，其中当然也包括道德素质，这实在是当务之急。

# 有为有不为

“为”，就是“做”。应该做的事，必须去做，这就是“有为”。不应该做的事必不能做，这就是“有不为”。

在这里，关键是“应该”二字。什么叫“应该”呢？这有点像仁义的“义”字。韩愈给“义”字下的定义是“行而宜之之谓义”。“义”就是“宜”，而“宜”就是“合适”，也就是“应该”，但问题仍然没有解决。要想从哲学上，从伦理学上，说清楚这个问题，恐怕要写上一篇长篇论文，甚至一部大书。我没有这个能力，也认为根本无此必要。我觉得，只要诉诸一般人都能够有的良知良能，就能分辨清是非善恶了，就能知道什么事应该做，什么事不应该做了。

中国古人说：“勿以善小而不为，勿以恶小而为之。”可见善恶是有大小之别的，应该不应该也是有大小之别的，并不都是在一个水平上。什么叫大，什么叫小呢？这里也用不着烦琐地论证，只需动一动脑筋，睁开眼睛看一看社会，也就够了。

小恶、小善，在日常生活中随时可见。比如，在公共汽车上给老人和病人让座。能让，算是小善；不能让，也只能算是小恶，够不上大逆不道。然而，从那些一看到有老人或病人上车就立即装出闭目养神的样子的人身上，不也能由小见大看出了社会道德的水平吗？

至于大善大恶，目前社会中也可以看到，但在历史上却看得更清楚。比如宋代的文天祥。他为元军所虏，如果他想活下去，屈膝投敌就行了，不但能活，而且能有大官做，最多是在身后被列入“贰臣传”，“身后是非谁管得”，管那么多干吗呀。然而他却高赋《正气歌》，从容就义，留下英名万古传，至今还在激励着我们的爱国热情。

通过上面举的一个小恶的例子和一个大善的例子，我们大概对大小善和大小恶能够得到一个笼统的概念了。凡是对国家有利，对人民有利，对人类发展前途有利的事情就是大善，反之就是大恶。凡是对处理人际关系有利，对保持社会安定团结有利的事情可以称之为小善，反之就是小恶。大小之间有时难以区别，这只不过是一个大体的轮廓而已。

大小善和大小恶有时候是有联系的。俗话说：“千里之堤，溃于蚁穴。”拿眼前常常提到的贪污行为而论，往往是先贪污少量的财物，心里还有点打鼓。但是，一旦得逞，尝到甜头，又没被人发现，于是胆子越来越大，贪污的数量也越来越多，终至于一发不可收拾，最后受到法律的制裁，悔之晚矣。也有个别的识时务者，迷途知返，就是所谓浪子回头者，然而难矣哉！

我的希望很简单，我希望每个人都能有为有不为。一旦“为”错了，就毅然回头。

二〇〇一年二月二十三日

# 慈善是道德的积累

我是搞语言的，要我来讲道德，讲慈善，实在是有些惶恐。

什么是道德？这是一个大问题，可以写一本书。简单说来，道德是一种社会意识，是一种不依靠外力的特殊的行为规范。道德以善与恶、美与丑、真与伪等概念调整人与人、人与社会之间的关系。我国正处在一个大发展、大变革时期，稳定是第一位的，一定要处理好人与人、人与社会之间的关系。除了法律、行政手段的进一步强化和完善以外，道德是社会稳定发展必不可少的行为规范和调节手段。

在中国的传统道德中，伦理道德有很重要的位置，伦理就是解决人与人之间关系的，儒家讲的三纲六纪就是规定了君臣父子夫妇兄弟朋友之间关系的准则。这里有糟粕的地方，因为人与人之间应该是平等的，不应该谁是谁的纲。儒家强调要处理好人的各方面社会关系，还有许多值得批判吸收的东西。比方对父母的关系，中国人讲孝，这个孝字在英文没有这样一个词，要用两个词才能表述这个意思。所以西方的老人晚年是十分凄凉的。中西的道德是有区别的。我举个例子，我在欧洲住的年头不少，我看小孩子打架，一个十六七岁，一个七八岁，结果小的被打倒了，哭一阵爬起来再打。要在中国就会有人讲了，大的怎么欺侮小的呢。他们那儿没人管，他们认为力量、拳头是第一位的，不管你大小，只要把别人打倒就是正当的。西方道德中也有对我们有用的。我国传统的伦理道德应批判继承，精华留下，糟粕去掉。对外国好的，也可以学习，不要排斥。

慈善是良好道德的发扬，又是道德积累的开端。孟子说："恻隐之心，仁之端也。"一个社会的良好的道德风尚，一个人良好的道德修养，不是从天上掉下来的，要宣传教育，要舆论引导，更要实践、参与。慈善是具有广泛群众性的道德实践。慈善可以是很高的层次，无私奉献，也可以有利己的目的，比如图个好名声，或者避税，或者领导号召不得不响应；为慈善付出的可以很大也可以很少，可以是金钱也可以是时间、精神，层次很多，幅度很大，不管在什么条件下，出于什么动机，只要他参与了，他就开始了他的道德积累。所以我主张慈善不要问动机。毛泽东同志讲动机与效果的辩证统一，我的理解，效果是决定因素。"四人帮"有个特点，就是抓活思想，抓活思想就是追究动机。过去有句古话："有心为善，虽善不赏，无心为恶，虽恶不罚。"这是典型的动机唯心主义。

# 陆……

## 心怀宽广，顺其自然

对什么事情都不嘀嘀咕咕，心胸开朗，乐观愉快，
吃也吃得下，睡也睡得着，
有问题则设法解决之，有困难则努力克服之。

## 温馨，家庭不可或缺的气氛

大千世界，芸芸众生，除了看破红尘出家当和尚的以外，每一个人都会有一个家。一提到家，人们会不由自主地漾起一点温暖之意、一丝幸福之感。

不这样也是不可能的。不管是单职工还是双职工，白天在政府机构、学校、公司、工厂、商店等五花八门的场所工作劳动。不管是脑力劳动，还是体力劳动，都会付出巨大的力量，应付错综复杂的局面，会见性格各异的人物，有时会弄得筋疲力尽。有道是“不如意事常八九”。哪里事事都会让你称心如意呢？到了下班以后，有如倦鸟还巢一般，带着一身疲惫，满怀喜悦，回到自己家里。这是一个真正的安身立命之处。在这里人们主要祈求的就是温馨。有父母的，向老人问寒问暖，老少都感到温馨；有子女的，同孩子谈上几句，亲子都感到温馨；夫妻说上几句悄悄话，男女都感到温馨。当是时也，白天一天操劳，身心两方面的倦意，间或有心中的愤懑、工作中或竞争中偶尔的挫折、在处理事务中或人际关系中碰的一点小钉子等，都会烟消云散，代之而兴的是融融的愉悦。总之，感到的是不能用任何语言表达的温馨。

你还可以便装野服，落拓形迹。白天在外面有时不得不戴着的假面具，完全可以甩掉；有时不得不装腔作势，以求得能适应应对进退的所谓礼貌，也统统可以丢开。还你一个本来面目，圆通无碍，纯然真我。天下之乐，宁有过于此者乎？所有这一切都来自家庭中真正的温馨。

但是，是不是每一个家庭都是温馨天成、唾手可得呢？不，不，绝不是的。家庭中虽有夫妻关系、亲子关系、血缘关系，但是，所有这些关系，都不能保证温馨气氛必然出现。俗话说：锅碗瓢盆都会相撞。每个人的脾气不一样，爱好不一样，习惯不一样，信念不一样，而且人是活人，喜怒哀乐，时有突变的情况，情绪也有不稳定的时候，特别是在自己的亲人面前，更容易表露出来。有时候为一点芝麻绿豆大的小事，也会意见相左，处理不得法，也能产生龃龉。天天耳鬓厮磨，谁也不敢保证这种情况不会发生。

那么，我们应当怎么办呢？就我个人来看，处理这样清官难断的家务事，说难极难，说不难也颇易。只要能做到“真”“忍”二字，虽不中，不远矣。“真”者，真情也；“忍”者，容忍也。我归纳成了几句顺口溜：相互恩爱，相互诚恳，相互理解，相互容忍，出以真情，不杂私心，家庭和睦，其乐无垠。

有人可能不理解，我为什么把容忍强调到这样的高度。要知道，容忍是中华美德之一。我们的往圣先贤，大都教导我们要容忍。民间谚语中，也有不少容忍的内容，教人忍让。有的说法，看似消极，实有积极意义，比如“忍辱负重”，韩信就是一个有名的例子。《唐书》记载，张公艺九世同堂，唐高宗问他睦族之道。公艺提笔写了一百多个“忍”字递给皇帝。从那以后，姓张的多自命为“百忍家声”。佛家也十分强调忍辱之要义，经中有很多忍辱仙人的故事。常言道：“小不忍则乱大谋。”在家庭中则是“小不忍则乱家庭”。夫妻、父母、子女之间，有时难免有不同的意见，如果一方发点小脾气，你让他（她）一下，风暴便可平息。等到他（她）心态平衡以后，自己会认错的。此时，如果你也不冷静，火冒三丈，轻则动嘴，重则动手，最终可能告到法庭，宣判离婚，岂不大可哀哉！父母兄弟姊妹之间，也有同样的情况。结果，一个好端端的家庭，会弄得分崩离析。这轻则会影响你暂时的情绪，重则影响你的生命前途。难道我这是危言耸听吗？

总之，温馨是家庭不可或缺的气氛，而温馨则是需要培养的。培养之道，不出两端，一真一忍而已。

一九九八年十月二十三日

# 如何利用时间

时间就是生命，这是大家都知道的道理。而且时间是一个常数，对谁都一样，谁每天也不会多出一秒半秒。对我们研究学问的人来说，时间尤其珍贵，更要争分夺秒。但是各人的处境不同，对某些人来说就有一个怎样利用时间的“边角废料”的问题。这个怪名词是我杜撰出来的。时间摸不着看不见，但确实是一个整体，哪里会有什么“边角废料”呢？这只是一个形象的说法。平常我们做工作，如果一整天没有人和事来干扰，你可以从容濡笔，悠然怡然，再佐以龙井一杯，云烟三支，神情宛如神仙，整个时间都是你的，那就根本不存在什么“边角废料”问题。但是有多少人能有这种神仙福气呢？鲁钝如不佞者几十年来就做不到。新中国成立以来，我搞了不知多少社会活动，参加了不知多少会，每天不知有多少人来找，心烦意乱，啼笑皆非。回想“十年浩劫”期间，我成了“不可接触者”，除了蹲牛棚外，在家里也是门可罗雀。《罗摩衍那》译文八巨册就是那时候的产物。难道为了读书写文章就非变成“不可接触者”或者右派不行吗？“浩劫”一过，我又是门庭若市，而且参加各种各样的会，终日马不停蹄。我从前读过马雅可夫斯基的《开会迷》和张天翼的《华威先生》，觉得异常可笑，岂料自己现在就成了那一类人物，岂不大可哀哉！但是，人在无可奈何的情况下是能够想出办法来的。现在我既然没有完整的时间，就挖空心思利用时间的“边角废料”。在会前、会后，甚至在会中，构思或动笔写文章。有不少会，讲话空话废话居多，传递的信息量却不大，态度欠端，话风不正，哼哼哈哈，不知所云，又佐之以“这个”“那个”，间之以“唵”“啊”，白白浪费精力，效果却是很少。在这时候，我往往只用一个耳朵或半个耳朵去听，就能兜住发言的全部信息量，而把剩下的一个耳朵或一个半耳朵全部关闭，把精力集中到脑海里，构思，写文章。当然，在飞机上、火车上、汽车上，甚至自行车上，特别是在步行的时候，我脑海里更是思考不停。这就是我所说的利用时间的“边角废料”。积之既久，养成“恶”习，只要在会场一坐，一闻会味，心花怒放，奇思妙想，联翩飞来，“天才火花”，闪烁不停。此时文思如万斛泉涌，在鼓掌声中，一篇短文即可写成，还耽误不了鼓掌。倘多日不开会，则脑海活动，似将停止，“江郎”仿佛“才尽”。此时我反而期望开会了。这真叫作没有法子。

一九八八年

# 辞“国学大师”

“环顾左右，朋友中国学基础胜于自己者，大有人在。在这样的情况下，我竟独占‘国学大师’的尊号，岂不折杀老身！”

现在在某些比较正式的文件中，在我头顶上也出现“国学大师”这一灿烂辉煌的光环。这并非无中生有，其中有一段历史渊源。

约莫二十年前，中国的改革开放大见成效，经济飞速发展。文化建设方面也相应地活跃起来。有一次，在还没有改建的北京大学大讲堂里开了一个什么会，专门向同学们谈国学。当时主席台上共坐着五位教授，每个人都讲上一通。我是被排在第一位的，说了些什么话，现在已忘得干干净净。一位资深记者是北大校友，在报上写了一篇长文《国学热悄悄在燕园兴起》。从此以后，其中的四位教授，包括我在内，就被称为“国学大师”。他们三位的国学基础都比我强得多。他们对这一顶桂冠的想法如何，我不清楚。我自己被戴上了这一顶桂冠，却是浑身起鸡皮疙瘩。

说到国学基础，我从小学起就读经书、古文、诗词。对一些重要的经典著作有所涉猎。但是我对哪一部古典、哪一个作家都没有下过死功夫，因为我从来没想成为一个国学家。后来专治其他的学术，浸淫其中，乐不可支。除了尚能背诵几百首诗词和几十篇古文外，除了尚能在最大的宏观上谈一些与国学有关的自谓是大而有当的问题，比如天人合一外，自己的国学知识并没有增加。环顾左右，朋友中国学基础胜于自己者，大有人在。在这样的情况下，我竟独占“国学大师”的尊号，岂不折杀老身（借用京剧女角词）！我连“国学小师”都不够，遑论“大师”！

为此，我在这里昭告天下：请从我头顶上把“国学大师”的桂冠摘下来。

# 对号入座

对号入座是一句常说的话，一看就明白。

什么会场，什么剧场，里面的座位都分排标号。你一券在手，入门查号；查准了，安然坐下，天下大定。

我现在想讲的却不是这样的“对号入座”，而是它的引申意义。人们嘴里常说的“对号入座”，几乎全部是引申意义。

我把这句话的引申意义分为两类：一是积极的，二是消极的。积极的起积极作用，消极的起消极作用，下文自明。

在文坛或学坛上，有人写文章表扬或批评某一种现象，并没有指名道姓；但是，你不妨对号入座一下：找一找和自己的情况近似的地方，以之为借鉴，照一下自己，有则改之，无则加勉，这是大有好处的。

这就是我所说的积极的引申意义。

与此相反的是消极的引申意义。这种例子，在中国几千年的历史上，不胜枚举。远的不必说了，只说清代。清代的几个皇帝，特别是那一位主持纂修《四库全书》的乾隆，因为自己是“胡”，是“虏”，特别怕见这样的字眼儿。于是就学习阿Q（应该说是阿Q学习乾隆），尽量把这样的字眼儿从书中除掉，给后人留下了万劫难复的笑柄。

但是，谁又能想到，到了空前残暴、野蛮的所谓“文化大革命”，竟以一出《海瑞罢官》开端。这是消极的“对号入座”的例子。“十年浩劫”中深文周纳，罗织罪名，也多使用这种方法，流毒之剧，亘古未有。

我可万没有想到，这种消极的“对号入座”到了今天，仍时有表现。听说，有的教科书不敢选入岳飞的《满江红》，因为里面有“胡”“虏”等字样，这些字样刺痛了我们一些同胞的神经。他们主张，中国历史上的对外战争都是内战，当年汉族的敌对者今天都已成了我们的同胞。这话有一部分道理，但是经不起推敲。民族融合，举世皆然。中国从先秦经过汉、唐、宋、元、明、清等朝代的北方侵入者，当年确系敌国。我们不能把古代史现代化。今天他们已融入中华民族的大家庭中，但并不是所有的人都已融入。根据他们的说法，中国历史上只有内战牺牲者，而没有爱国者，著名的岳飞、文天祥都不是爱国者，西湖的岳庙以及普天下的文丞相祠似乎都无存在的必要了。这种想法，这种“对号入座”，是有害的，不利于我们五十六个民族组成中华民族的大团结。劝君切莫这样“对号入座”！

一九九九年七月二十九日

# 老少之间

在任何国家、任何时代的任何社会里，总会有老年人和青少年人同时并存。从年龄上来说，这是社会的两极，中间是中年，这样一些不同年龄的阶层，共同形成了我们的社会，所谓芸芸众生者就是。

从社会方面来讲，这个模式是不变的，是固定的。但是，从每一个人来说，它却是不固定的，经常变动的。今天你是少年，转瞬就是中年。你如果不中途退席的话，前面还有一个老年阶段在等候着你。老年阶段以后呢？那谁都知道，用不着细说。

想要社会安定，就必须处理好这三个年龄阶段之间的关系，特别是社会两极的老年与少年的关系。现在人们有时候讲到“代沟”——我看这也是舶来品——有人说有，有人说无，我是承认有的。因为事实就是如此，是否认不掉的。而且从某种意义上来说，有“代沟”正表明社会在不断前进。如果不前进，“沟”从何来？

承认有“代沟”，不就万事大吉。真要想保持社会的安定团结，还必须进一步对“沟”两边的具体情况加以分析。中年这一个中间阶段，我先不说，我只分析老少这两极。

一言以蔽之，这两极各有各的优缺点。老年人人生经历多，识多见广，这是优点。缺点往往是自以为是，执拗固执。动不动就是：我吃的盐比你吃的面还多，我走过的桥比你走过的路还长。个别人仕途失意，牢骚满腹：“世人皆醉而我独醒，世人皆浊而我独清。”简直变成了九斤老太，唠唠叨叨，什么都是从前的好，结果惹得大家都不痛快。

我现在这里特别提出一个我个人观察到的老年人的缺点，就是喜欢说话，喜欢长篇发言。开一个会两小时，他先包办一半，甚至四分之三。别人不耐烦看表，他老眼昏花，不视不见，结果如何？一想便知。听说某大学有一位老教授。开会他一发言，有经验的人士就回家吃饭。酒足饭饱，回来看，老教授的发言还没有结束，仍然在那里“悬河泻水”哩。

因此，我对老年人有几句箴言：老年之人，血气已衰；刹车失灵，戒之在说。

至于年轻人，他们朝气蓬勃，进取心强。在他们眼前的道路上，仿佛铺满了玫瑰花。他们对任何事情都不畏缩，九天揽月，五洋捉鳖，易如反掌，唾手可得。这是一种非常可贵的精神，只能保护，不能挫伤。然而他们的缺点就正隐含在这种优点中。他们只看到玫瑰花的美，只闻到玫瑰花的香；他们却忘记了玫瑰花是带刺的，稍不留心，就会扎手。

那么，怎么办呢？我没有什么高招，我只有几句老生常谈：老年少年都要有自知之明，越多越好。老的不要“倚老卖老”，少的不要“倚少卖少”。后一句话是我杜撰出来的，我个人认为，这个杜撰是正确的。老少之间应当互相了解、理解、谅解。最重要的是谅解。有了这个谅解，我们社会的安定团结就有了保证。

一九九四年七月三日

# 九十五岁初度

又碰到了一个生日。一副常见的对联，上联是：天增岁月人增寿，我又增了一年寿。庄子说："万物方生方死。"从这个观点上来看，我又死了一年，向死亡又接近了一年。

不管怎么说，从表面上看，我反正是增长了一岁，今年算是九十五岁了。

在增寿的过程中，自己在领悟、理解等方面有没有进步呢？

仔细算，还是有的。去年还有一点儿叹时光之流逝的哀感，今年则完全没有了。这种哀感在人们心中是最常见的。然而也是最愚蠢的。人间正道是沧桑。时光流逝，是万古不易之理。人类，以及一切生物，是毫无办法的。夫天地者，万物之逆旅；光阴者，百代之过客。对于这种现象，最好的办法是听之任之，用不着什么哀叹。

我现在集中精力考虑的一个问题是：如何避免当时只道是寻常的这种尴尬情况。当时是指过去的某一个时间。现在，过一些时候也会成为当时的。这样一来，我们就会永远有这样的哀叹。

我认为，我们必须从事实上，也可以说是从理论上考察和理解这个问题。我想谈两个问题：第一个是如何生活，第二个是如何回忆生活。

先谈第一个问题。

一般人的生活，几乎普遍有一个现象，就是倥偬。用习惯的说法就是匆匆忙忙。五四运动以后，我在济南读到了俞平伯先生的一篇文章。文中引用了他夫人的话："从今以后，我们要仔仔细细过日子了。"言外之意，就是嫌眼前日子过得不够仔细，也许就是日子过得太匆匆的意思。怎样才叫仔仔细细呢？俞先生夫妇都没有解释，至今还是个谜。我现在不揣冒昧，加以解释。所谓仔仔细细就是：多一些典雅，少一些粗暴；多一些温柔，少一些莽撞。总之，多一些人性，少一些兽性。如此而已。

至于如何回忆生活，首先必须指出：这是古今中外一个常见的现象。一个人，不管活得多长多短，一生中总难免有什么难以忘怀的事情。这倒不一定都是喜庆的事情，比如洞房花烛夜、金榜题名时之类，这固然使人终生难忘；反过来，像夜走麦城这样的事，如果关羽能够活下来，他也不会忘记的。

总之，我认为，回想一些俱往矣之类的事情，总会有点儿好处。回想喜庆的事情，能使人增加生活的情趣，提高向前进的勇气；回忆倒霉的事情，能使人引以为鉴，不致再蹈覆辙。

现在，我在这里，必须谈一个无论如何也绕不过去的问题：

死亡问题。我已经活了九十五年，无论如何也必须承认这是高龄。但是，在另一层面，它离死亡也不会太远了。

一谈到死亡，没有人不厌恶的。我虽然还不知道，死亡究竟是什么样子，我也并不喜欢它。

写到这里，我想加上一段非无意义的话。对于寿命的态度，东西方是颇不相同的。中国人重寿，自古已然。汉瓦当文延年益寿，可见汉代的情况。人名李龟年之类，也表示了长寿的愿望。从长寿再进一步，就是长生不老。李义山诗："嫦娥应悔偷灵药，碧海青天夜夜心。"灵药当即不死之药。这也是一些人，包括几个所谓英主在内，所追求的境界。汉武帝就是一个狂热的长生不老的追求者。精明如唐太宗者，竟也为了追求长生不老而服食玉石散之类的矿物，结果是中毒而死。

上述情况，在西方是找不到的，没有哪一个西方的皇帝或国王会追求长生不老。他们认为，这是无稽之谈，不屑一顾。

我虽然是中国人，是长期在中国传统文化熏陶下成长起来的；但是，在寿与长生不老的问题上，我却倾向于西方的看法。中国民间传说中有不少长生不老的故事，这些东西侵入正规文学中，带来了不少的逸趣，但始终成不了正果。换句话说，就是中国人并不看重这些东西。

中国人是讲求实际的民族。人一生中，实际的东西是不少的。其中最突出的一个东西就是死亡。人们都厌恶它，但是无能为力。

上文中我已经涉及死亡问题，现在再谈一谈。一个九十五岁的老人，若不想到死亡，那才是天下之怪事。我认为，重要的是，不是想到死亡，而是怎样理解死亡。世界上，包括人类在内，林林总总，生物无虑，上千上万。生物的关键就在于生，死亡是生的对立面，是生的大敌。既然是大敌，为什么不铲除之而后快呢？铲除不了的。有生必有死，是人类进化的规律，是一切生物的规律，是谁也违背不了的。

对像死亡这样的谁也违背不了的灾难，最有用的办法是先承认它，不去同它对着干，然后整理自己的思想感情。我多年以来就有一个座右铭：“纵浪大化中，不喜亦不惧。应尽便须尽，无复独多虑。”是陶渊明的一首诗。该死就去死，不必多嘀咕。多么干脆利落！我目前的思想感情也还没有超过这个阶段。江文通《恨赋》中最后一句话是：“自古皆有死，莫不饮恨而吞声。”我相信，在我上面说的这些话的指引下，我一不饮恨，二不吞声。我只是顺其自然，随遇而安。

我也不信什么轮回转世。我不相信，人们肉体中还有一个灵魂。在人们的躯体还没有解体的时候，灵魂起什么作用。自古以来，就没有人说得清楚。我想相信，也不可能。

对你目前的九十五岁高龄有什么想法？我既不高兴，也不厌恶。这本来是无意中得来的东西，应该让它发挥作用。比如说，我一辈子舞笔弄墨，现在为什么不能利用我这一支笔杆鼓吹升平、增强和谐呢？现在我们的国家是政通人和、海晏河清，可以歌颂的东西真是太多太多了。歌颂这些美好的事物，九十五年是不够的。因此，我希望活下去。岂止于此，相期以茶。

二〇〇六年八月八日

# 迎新怀旧

## ——21世纪第一个元旦感怀

我可真正是万万也没有想到，我能够活到八十九岁，迎接一个新世纪和新千年的来临。

我经常说到，我是幼无大志的人。其实我老也无大志，那种“大丈夫当如是也”的豪言壮语，我觉得，只有不世出的英雄才能说出。但是，历史的记载是否可靠，我也怀疑。刘邦和朱元璋等地痞流氓，一无所有，从而一无所惧，运气好成了皇上。一批帮闲的书生极尽拍马之能事，连这一批流氓的并不漂亮的长相也成了神奇的东西，在这些书生笔下猛吹不已。他们年轻时未必有这样的豪言壮语，书生也臆造出来，以达到吹拍的目的。

这话扯远了，还是谈我自己吧。我的“无大志”表现在各个方面，在年龄方面也有表现。我的父母都只活四十岁多一点。我自己想，我决超过父母的，能活到五十岁，我就应该满足了。记得大概是在五十年代，我四十多岁的时候，忽发奇想，想到我能否看到一个新世纪。我计算了一下，我必须活到八十九岁，才能做到。八十九岁，对当时的我来说，简直是一个天文数字，古今中外的文人，有几个能活到这个岁数的？这简直像是蓬莱三山，烟波渺茫，可望而不可即。

然而曾几何时，知命之年，倏尔而逝；耳顺之年，也没有留下什么痕迹，在古稀之年也没能让我有古稀的感觉。物换星移，岁月流逝，我却懵懵然，木木然，没有一点感觉，“高堂明镜悲白发”，我很少揽镜自照，头发变白自己是感觉不到的。只有在校园中偶尔遇到一位熟人，几年不见，发已半白，心里蓦地震颤了一下。被人称呼，从“老季”变成了“季老”，最初觉得有点刺耳。此外则一切平平常常，平平常常。弹指一瞬间，自己竟然活到了八十九岁，迎接了新世纪和新千年，当年认为无法想象的，绝对办不到的，当年的蓬莱三山，“今朝都到眼前来”了。岂不大可喜哉！然而又岂不大可惊哉！

记得有两句诗：“凡所难求皆绝好，及能如愿便平常。”我现在深深地认识到在朴素语言中蕴含的真理。我现在确实如愿了，但是心情平常到连平常的感觉都没有了。现在是2000年1月1日，同1999年12月31日，除了多了一天以外，绝没有任何不同的地方。早晨太阳从东方升起，到了晚上，仍然会在西方落下。环顾我的房间，依然是插架盈室，书籍盈架。窗台上的那几盆花草依然绿叶葳蕤，春意盎然。窗外是严冬。荷塘里只剩下了残荷的枯枝，在寒风中抖动。冰下水中鱼儿们是在游泳还是在睡眠？我不得而知。埋在淤泥中莲藕是在蔓延还是在冬眠？我也不得而知。荷花如果能做梦的话，我想，它们会梦到春天，坚冰融化，春水融融，它们又能长出尖尖的角，笑傲春风了。

荷花是不会知道什么20世纪21世纪的。大千世界的一切动植物都不知道。它们仅仅知道日和夜以及季节的变换这些自然界的现象。只有天之骄子人类才有本领要出一些新花样，自己要出来以后，自己又顶礼膜拜，深信不疑。神仙皇帝就属于这一类，世纪和千年也属于这一类。就拿昨天才结束的20世纪的世纪末来说，明明是自己制造出来的东西，却似乎有了无限的神力。多少年来，世界各国不知有多少聪明睿智之士，大谈他们自己制造出来的世纪末问题，又是总结20世纪的经验教训，又是侈谈21世纪的这个那个，喧嗷纷争，煞是热闹；人各自是其是而非他人之是。一时文坛、学坛，还有什么坛，议论蜂起，杀声震天。倘若在高天上某一个地方真有一位造物主的话，他下视人寰，看到一群小动物角斗，恐怕会莞尔而笑吧。

我自己不比任何人聪明，我也参加到这一系列的纷争里来。我谈的主要是文化问题，20世纪和21世纪东西文化的关系问题。我认为，20世纪是全部人类历史上发展最快的一个世纪。在这个世纪以前西方发生的产业革命大大地解放了生产力，二百多年内，给人类创造了巨大的财富和福利，全世界人民皆受其惠。但这只是事情的一个方面。另一个方面则是并不美好的，由于西方人以“征服自然”为鹄的，对大自然诛求无餍，结果遭到了大自然的报复和惩罚，产生了许多弊端和祸害。这些弊端和灾害彰彰在人耳目，用不着我再来细数。现在世界上几乎所有的政府和人民团体都在高呼“环保”，又是宣传，又是开会，一时甚嚣尘上。奇怪的是，竟无一人提到环保问题产生的根源。为什么欧洲的中世纪和中国的汉唐时代，从来没有什么环保问题呢？这情况难道还不值得人们深思吗？

我自己把环保问题同20世纪和21世纪挂上了钩，同东西文化挂上了钩。同时我又常常举一个民间流传的近视眼猜匾的笑话，说21世纪这一块匾还没有挂出来，我们现在乱猜匾上的大字，无疑都是近视眼。能吹嘘看到了匾上的字的人，是狡猾者，是事前向主事人打听好了的。但是这种狡猾行动，对匾是可以的，对21世纪则是行不通的。难道谁有能耐到上帝那里去打听吗？我主张在21世纪东方天人合一的思想——这是东方文化的精华——能帮助人们解决环保问题。我似乎已经看到了还没有挂出来的匾上的字。不是我从上帝那里打听来的，是我根据自己的观察和思考得出来的，我是我自己的上帝。

昨天夜里，猛然醒来，开灯一看，时针正指12点，不差一分钟。我心里一愣：我现在已是21世纪的人了。未多介意，关灯又睡。早晨7点，乘车到中华世纪坛去，同另外九个科学界闻人，代表学术界十个分支，另外配上十个儿童，共同撞新铸成的世纪钟王二十一响，象征科学繁荣。钟声深沉洪亮，在北京上空回荡。这时，我的心蓦地一阵颤动，21世纪几个大字沉重地压在我的心头，真正感觉“往事越千年”，我自己昨天还是20世纪的“世纪老人”，而今一转瞬间，我已成为21世纪的“新人”了。

在这关键的时刻，我过去很多年热心议论的一些问题，什么东西方文化，什么环保，什么天人合一，什么分析的思维模式和综合的思维模式等，都从我心中隐去。过去侈谈21世纪，等到21世纪真正来到了眼前，心中却是一个大空虚。中国古书上那个叶公好龙的故事是很有启发意义的。

然而，我心中也并不是完全的真正的空虚，我想到了我自己。我现在确确实实是八十九岁了。这是古今中外都艳羡的一个年龄。我竟于无意中得之，不亦快哉！连我这个少无大志老也无大志的人都不得不感到踌躇满志了。但是，我脑海里立即出现了一个问题：活大年纪究竟是好事呢还是坏事？这问题还真不易答复。爱活着是人之常情，连中国老百姓都说“好死不如赖活着”，我焉能例外！但是，活得太久了，人事纷纭，应对劳神。人世间的一些魑魅魍魉的现象，看多了也让人心烦。德国大诗人歌德晚年渴望休息（ruhen）的名诗，正表现了这种心情。我有时候也真想休息了。

中国古代诗文中有不少鼓励老年人的话，比如“老骥伏枥，志在千里。烈士暮年，壮心不已”，又如“天意怜幽草，人间重晚晴”，又如“余霞尚满天”等，读起来也颇让老人振奋。但是，仔细于字里行间推敲一下，便不难发现，这些诗句实际上是为老人打气的，给老人以安慰的，信以为真，便会上当。

那么，老年人就全该死了吗？也不是的。人老了，见多识广，正反两面的经验教训都非常丰富，这些东西对我们国家还是有用处的，只要不倚老卖老，不倚老吃老，人类社会还是需要老人的。佛经里面有一个《弃老国缘》的故事，说的就是这一番道理。在现在的中国，在21世纪的中国，活着无疑还是一种乐事。我常常说：人们吃饭为了活着，但活着不是为了吃饭。这是我最根本的信条之一。我也身体力行。我现在仍然是黎明即起，兀兀穷年，不求有惊人之举，但求无愧于心，无愧于吃下去的饭。

在北京大学校内，老教授有一大批。比我这个八十九岁的老人更老的人，还有十几位。如果在往八宝山去的路上按年龄顺序排一个队的话，我绝不在前几名。我曾说过，我绝不会在这个队伍中抢先夹塞，我决心鱼贯而前，轮到我的时候，我说不定还会溜号躲开，从后面挤进比我年轻的队伍中。

多少年来，我成了陶渊明的信徒。他的那一首诗：

纵浪大化中，
不喜亦不惧。
应尽便须尽，
无复独多虑。

我感到，我现在大体上能够做到了，对生死之事，我确实没有多虑。关键在一个“应”字，这个“应”字由谁来掌管，由谁来决定呢？我不能知道，反正不由我自己来决定。既然不由我自己来决定，那么——由它去吧。

二〇〇〇年一月一至三日

# 笑着走

走者，离开这个世界之谓也。赵朴初老先生，在他生前曾对我说过一些预言式的话。比如，1986年，朴老和我奉命陪班禅大师乘空军专机赴尼泊尔公干。专机机场在大机场的后面。当我同李玉洁女士走进专机候机大厅时，朴老对他的夫人说："这两个人是一股气。"后来又听说，朴老说："别人都是哭着走，独独季羡林是笑着走。"这一句话给我留下了很深的印象。我认为，他是十分了解我的。

现在就来分析一下我对这句话的看法。应该分两个层次来分析：逻辑分析和思想感情分析。

先谈逻辑分析。

江淹的《恨赋》最后两句是："自古皆有死，莫不饮恨而吞声。"第一句话是说，死是不可避免的。对待不可避免的事情，最聪明的办法是，以不可避视之，然后随遇而安，甚至逆来顺受，使不可避免的危害性降至最低点。如果对生死之类的不可避免性进行挑战，则必然遇大灾难。"服食求神仙，多为药所误”。秦皇、汉武、唐宗等是典型的例子。既然非走不行，哭又有什么意义呢？反不如笑着走更使自己洒脱、满意、愉快。这个道理并不深奥，一说就明白的。我想把江淹的文章改一下：既然自古皆有死，何必饮恨而吞声呢？

总之，从逻辑上来分析，达到了上面的认识，我能笑着走，是不成问题的。

但是，人不仅有逻辑，他还有思想感情。逻辑上能想得通的，思想感情未必能接受，而且思想感情的特点是变动不居。一时冲动，往往是靠不住的。因此，想在思想感情上承认自己能笑着走，必须有长期的磨炼。

在这里，我想，我必须讲几句关于朴老的话。不是介绍朴老这个人。天下谁人不识君？朴老是用不着介绍的。我想讲的是朴老的“特异功能”。很多人都知道，朴老一生吃素，不近女色，他有特异功能，是理所当然的。他是虔诚的佛教徒，一生不妄言。他说我会笑着走，我是深信不疑的。

我虽然已经九十五岁，但自觉现在讨论走的问题，为时尚早。再过十年，庶几近之。

二〇〇六年三月十九日

# 漫谈“再少”问题

宋代大文学家苏东坡有一首词《浣溪沙》，东坡自述写作来由：游蕲水清泉寺，寺临兰溪，溪水西流。

> 山下兰芽短浸溪，松间沙路净无泥，萧萧暮雨子规啼。
>
> 谁道人生无再少？门前流水尚能西！休将白发唱黄鸡。

我生平涉猎颇广，但是，“再少”这个词或者概念，在东坡以前的文献中，却从来没有见到过。这个词或这个概念，东坡应该说是首创者。

“再少”的现象，不能在年龄上，也就是时间上来体现。因为年龄和时间，一旦逝去，就永远逝去，要它回转一秒半秒，也是绝不可能的。

“再少”的现象或者希望，只能体现在心理状态方面。我们平常的说法是，自六十岁起算是老年。一个人的血肉之躯，母亲生下来以后，经过了六十年的风吹雨打，难免受些伤害。行动迟缓了，思维不敏锐了，耳朵和眼睛都不太灵便了，走路也有困难了，如此等等，不一而足。首先，我们必须承认这些客观现象，努力适应这些客观现象，不承认、不努力适应是不行的。

但是，承认和适应并不等于屈服。这里就能用上我们常说的主观能动性。主观能动性这种现象，有时候看起来作用不大。其实，如果运用得当，则能发挥出极大的力量。中国古人说："精诚所至，金石为开。"指的就是这种现象。

对于苏东坡所说的"再少"应该这样来理解。

总之，我是相信"再少"的，愿与全国老年人共勉之。

二○○六年一月二十一日

**图书在版编目（CIP）数据**

人生本来如此 / 季羡林著. -- 北京 : 北京联合出版公司，2021.8

ISBN 978-7-5596-5299-7

Ⅰ. ①人… Ⅱ. ①季… Ⅲ. ①散文集-中国-当代 Ⅳ. ①I267

中国版本图书馆CIP数据核字（2021）第105690号

**人生本来如此**

作　　者：季羡林
出 品 人：赵红仕
责任编辑：孙志文
封面设计：朱　琳

北京联合出版公司出版
（北京市西城区德外大街83号楼9层　100088）
河北鹏润印刷有限公司印刷　新华书店经销
字数150千字　840毫米×1194毫米　1/32　8.25印张
2021年8月第1版　2021年8月第1次印刷
ISBN 978-7-5596-5299-7
定价：55.00元

在喧嚣的世界里，
坚持以匠人心态认认真真打磨每一本书，
坚持为读者提供
有用、有趣、有品位、有价值的阅读。
愿我们在阅读中相知相遇，在阅读中成长蜕变！

好读，只为优质阅读。

**人生本来如此**

---


策划出品：好读文化　　监　　制：姚常伟

责任编辑：孙志文　　产品经理：程　斌

特邀编辑：吴越同　　封面设计：朱　琳